Della stessa autrice nel catalogo Einaudi

Sabbia nera
La logica della lampara
La Salita dei Saponari
Tre passi per un delitto (con G. De Cataldo e M. de Giovanni)
L'uomo del porto
Il talento del cappellano
La carrozza della Santa
La banda dei carusi
Il Castagno dei cento cavalli

Cristina Cassar Scalia
Il Re del gelato

Einaudi

Prima edizione Stile Libero Big

La parte relativa all'indagine di *Il Re del gelato* è nata in collaborazione con Leonardo Marini, autore della omonima sceneggiatura, di Palomar.

Questo libro è un'opera di fantasia. Nomi, personaggi, luoghi e avvenimenti sono il frutto dell'immaginazione dell'autrice o sono inseriti nel testo a puro scopo narrativo. Ogni riferimento a fatti, ambientazioni e persone, vive o morte, realmente esistenti o esistite, è puramente casuale.

www.einaudi.it

ISBN 978-88-06-26663-9

Il Re del gelato

1.

Le prime gocce s'erano palesate alle cinque del mattino, precedute da tuoni e fulmini che pareva si stesse aprendo il cielo. Una dopo l'altra, sempre piú consistenti, sempre piú frequenti, fino a fondersi in uno scroscio dal rumore simile a una cascata. Una bomba d'acqua di quelle serie, che in tre minuti avrebbe ridotto Catania a un unico corso d'acqua completo di rapide, dighe naturali e laghi artificiali con tanto di automobili galleggianti.

Il vicequestore aggiunto Giovanna Guarrasi, detta Vanina, aprí gli occhi di colpo balzando sul materasso, il cuore in gola per il boato che aveva appena scosso i vetri. Un'esplosione, aveva temuto il suo inconscio di sbirra, prima che il cielo fuori dalla finestra si illuminasse a giorno, producendo un tuono ancora piú roboante di quello che l'aveva appena svegliata e mostrando la cortina d'acqua che si stava abbattendo sul paese di Santo Stefano. L'allarme di una casa vicina iniziò a suonare senza piú smettere.

Con scarsa convinzione Vanina provò ad accendere la lampada, che ovviamente non s'accese. Afferrò l'iPhone e controllò l'ora: le cinque e ventidue. Rincretinita com'era dal sonno, il telefono le scappò di mano e rovinò per terra aprendosi su WhatsApp. Lo raccolse e si buttò indietro sul cuscino mormorando imprecazioni. La domenica era l'unico giorno in cui la sua batteria di sveglie, distanziate di minuti e di posizione, taceva regalandole una mattinata di pace. E invece.

Si alzò e uscí dalla stanza facendosi luce con la torcia del telefono. Schivò uno dei tanti scatoloni che da settimane stazionavano tra il corridoio e il soggiorno di quella casetta alle pendici dell'Etna in cui s'era trasferita da un mese, dopo un supplizio di cinque settimane in un centralissimo mini appartamento non climatizzato a due passi dall'ufficio. Un'oasi di pace come poche, con il valore aggiunto di trovarsi all'interno di una proprietà piú grande, circondata da giardino e piccolo agrumeto, il cui edificio principale era abitato dalla sola padrona di casa, ultrasettantenne amabilissima nonché cuoca di notevole livello.

Vanina si sedette al tavolino della cucina con una tazza davanti. Si conosceva: se c'era una possibilità di riprendere sonno in quella nottata infernale, non poteva prescindere da una dose massiccia di carboidrati e da una congrua quantità di latte, l'ansiolitico naturale piú efficace che avesse mai provato. Finí di sorseggiarlo in piedi davanti al finestrone del soggiorno, ancora semivuoto, osservando la pioggia che continuava a sferzare i vetri. Un lampo illuminò il giardino. L'agrumeto era un pantano. Le due palme al bordo del prato, quelle che reggevano l'amaca su cui Vanina aveva passato il pomeriggio, erano piegate dal vento. Le sedie a sdraio di plastica bianca, che di norma stavano nella zona pavimentata del giardino, erano state catapultate in mezzo all'erba.

Ragione aveva la nonna Giovanna: «Austu e 'rraustu è capu d'inviernu». Le pareva di vederla, piazzata dietro i vetri nella casa di Castelbuono, le braccia conserte a meditare sulla prima pioggia. «Vaninuzza mia, puru 'st'annu s'accapò l'estate».

Una notifica di WhatsApp comparve provvidenziale sul telefono, riscuotendola dai ricordi. D'istinto Vanina controllò l'ora. Corrugò la fronte mentre si sedeva sul divano grigio, al momento unico mobile di quel soggiorno insieme a un tavolino basso.

«Sei sveglia? Ho visto che poco fa eri collegata».

Maria Giulia De Rosa, avvocato matrimonialista tra i piú quotati della città, regina delle serate mondane della Catania che conta e, incredibile dato il profilo, nuova amicizia di Vanina. Una stalker delle doppie spunte blu e degli ultimi collegamenti WhatsApp altrui. Le rispose di sí. La telefonata seguí immediata.

– Giuli, che fai sveglia a quest'ora? – rispose Vanina.

– A me lo dici? Perché, tu che fai?

– E che faccio, mi svegliò un tuono che pareva stessero per crollare i muri e non m'addormentai piú –. Allungò una mano verso il tavolino e afferrò il pacchetto delle Gauloises.

Giuli era seccata. – A quando a quando avevi accettato di uscire in mare con me! Si mise un tempo da lupi.

– *A quando a quando*? Ma se ci sono venuta almeno dieci volte in due mesi, sul tuo bolide natante –. Otto metri di gommone superaccessoriato, bimotorizzato, per un totale di quattrocento cavalli, che l'avvocata conduceva con disinvoltura da pluripatentata nautica qual era.

– Undici per l'esattezza, se contiamo la volta in cui restasti solo per mezz'ora perché poi ti chiamarono dalla Mobile e dovetti scaricarti di nuovo ad Aci Trezza. E per giunta ti portasti via Adriano, a sventrare qualche cadavere –. Adriano Calí, il medico legale con cui Vanina aveva fatto amicizia appena arrivata a Catania e che, manco a dirlo, frequentava da sempre la De Rosa. Anche quella domenica doveva esserci, insieme al suo compagno storico. – Peccato, perché volevo presentarti un amico, – aggiunse Giuli.

Vanina si mise in allarme. 'Sta storia dell'amico da presentarle andava avanti da una decina di giorni, da quando a forza di domandare Giuli era riuscita a estorcerle l'unico frammento di storia personale che Vanina era capace di raccontare a poche selezionate persone. E a scoprire che la nuova amica poliziotta, se si escludevano brevi storie autoconclusive, era single dalla bellezza di tre anni. Orgogliosa di aver conquistato lo status di confidente, la De Rosa aveva subito iniziato a passare in rassegna tutti gli scapoli che conosceva.

– Ora ti mando la foto, – continuò Giuli, prima ancora che lei potesse replicare. – È un collega, un gran figo che si è separato di recente, non credo che resterà single per molto.

Vanina stava per ribadire la sua indisponibilità alle tresche combinate, quando tutte le luci che aveva cercato inutilmente di accendere lungo il passaggio da una stanza all'altra si animarono di colpo.

– *Fiat lux*, – disse, mentre spegneva il faretto centrale del soggiorno che la stava quasi accecando. Colse al volo l'occasione per chiudere l'argomento. – De Rosa, qua si fecero le sei e mezzo, la pioggia non accenna a smettere e prospettive marinare non ne abbiamo. L'unica secondo me è tornarcene a letto e recuperare qualche ora di sonno. Che dici?

Giuli concordò. Ma la foto dell'amico gliela mandò lo stesso.

Quando il telefono prese a squillare a Vanina pareva di aver dormito sí e no mezz'ora, invece erano le undici passate. Il cellulare era pieno di messaggi, due dei quali dell'ispettore capo Carmelo Spanò – il piú alto in grado dopo di lei nella sezione Reati contro la persona – che la stava chiamando proprio in quel momento.

– Ispettore.

Spanò si schiarí la voce. – Dottoressa, mi deve scusare se la disturbo di domenica.

– Nel mestiere nostro domeniche non ce ne sono. Poi, anche volendo, oggi non si può fare granché.

– Macari a Santo Stefano ci fu il nubifragio?

– Piú o meno –. Vanina sbirciò fuori dalla finestra, il cielo era ancora plumbeo ma aveva smesso di piovere. Infilò la capsula nella macchinetta del caffè.

– A Catania stamattina le strade parevunu fiumi. Il canotto ci voleva per attraversare la piazza. Arrivai in ufficio assuppato come un pulcino. Meno male che tengo sempre un cambio nel cassetto pirchí se no...

– Ispettore, me lo dice che successe, per cortesia? – lo interruppe. Spanò sembrava un buon elemento, ma aveva il vizio di parlare assai.

– Ragione ha, dottoressa, mi scusi, – s'imbarazzò il poliziotto. – La volevo avvertire che mi chiamarono poco fa dalla gelateria di Agostino Lomonaco –. Si fermò un attimo. – Le conosce le gelaterie di Lomonaco, no? Il Re del gelato.

Vanina si sforzò di ricordare, ma no: Catania per lei era ancora un'incognita.

– No, non le conosco.

– Non può essere! Manco una? – si stupí l'ispettore.

La Guarrasi perse la pazienza. – Spanò, la vogliamo finire? Mi dice che successe in questa gelateria? Ammazzarono qualcuno?

– Nonsignore.

– E allora che fu?

– 'Na strana faccenda, dottoressa. In poche parole: stamattina quattro clienti della gelateria numero uno, due della gelateria numero tre e ben sei della gelateria numero quattro trovarono delle pillole dentro il gelato che stavano mangiando.

– Pillole di che genere? Droga?

– Chistu ancora non lo possiamo sapere, però intanto nelle gelaterie successe il quarantotto.

Vanina rimase con la tazzina a mezz'aria in attesa che il racconto evolvesse in qualcosa di piú interessante, ma l'ispettore non proseguí.

– Tutto qua?

– Per ora sí.

– Spanò, mi faccia capire: perché di una cosa simile ce ne stiamo occupando noi?

– Perché 'ddu mischino di Lomonaco si visti perso e mi chiamò.

– Si vide perso e invece di chiamare la stazione dei carabinieri o il commissariato di zona pensò bene di scomodare direttamente la sezione Reati contro la persona della Squadra Mobile. Ma che pensa, che abbiamo tempo per stare appresso a 'ste minchiate? – protestò Vanina, piú per principio che per altro. Il suo ruolo le imponeva di non confessarlo, ma per lei, che pativa la mancanza di lavoro almeno quanto altri colleghi ne pativano la sovrabbondanza, in un momento di calma piatta come quello una fesseria era sempre meglio di niente.

– Vero è, dottoressa, ma che dovevo fare? Agostino Lomonaco lo conosco da una vita, mi parve brutto dirgli che non era competenza mia. Uno dei clienti è pure andato in questura a sporgere denuncia per tentato avvelenamento.

Vanina si trattenne a stento dal sorridere. Non s'era occupata di minchiate di quel genere nemmeno all'inizio della sua carriera. – Ah, allora se c'è il tentato avvelenamento, – ironizzò. – Vabbe', Spanò, veda lei di che si tratta. Avverta il pm e chiami qualcuno della Scientifica per analizzare 'ste pillole. E mi aggiorni, mi raccomando, che ci tengo assai, – scherzò.

Spanò rise. – Certo, dottoressa.

Vanina riattaccò e si sedette sul divano grigio che s'era fatto con lei due traslochi: il primo da Palermo a Milano, quando la decisione di abbandonare la sua città l'aveva portata dalla parte opposta dello stivale, e il secondo da Milano a Catania, quando una promozione sul campo le aveva permesso di ricongiungersi con la sua Sicilia pur senza dover tornare a Palermo. Una specie di comfort zone su cui spesso e volentieri finiva con l'addormentarsi la sera. Bevve il caffè e finalmente si accese la prima sigaretta della giornata. La prima di una lunga serie, a giudicare dall'assoluta mancanza di prospettive che quella domenica presentava.

Andò in cucina e fece per tirare fuori i biscotti al cioccolato e il latte, ma si fermò. Partí di corsa verso il bagno e s'infilò sotto la doccia. Dieci minuti dopo, vestita e armata di tutto punto – che girare senza pistola appresso per lei era fuori discussione – si chiuse la porta alle spalle e attraversò il giardino. Sfilò davanti alla portafinestra della padrona di casa, dalla signora Bettina non sembrava esserci nessuno. Scese la rampa di scale, aprí il portoncino di ferro, uscí e percorse i cinquanta metri che la separavano dal bar all'angolo della piazza principale. Ordinò una granita mandorla e caffè e una brioche, di quelle che sapevano sfornare solo lí e di cui da un mese non riusciva piú a fare a meno, al punto da portarsele in ufficio quando non aveva il tempo di mangiarle sul posto. Prese bicchiere e cestino e si diresse verso la saletta interna.

– Se si vuole mettere fuori le faccio asciugare una sedia e un tavolino, dottoressa, – le propose Alfio, proprietario del bar e artefice di tutto il ben di Dio, dolce e salato, che riempiva i banconi.

Vanina accettò. Aspettò che un ragazzo finisse di asciugare e si godette la colazione seduta al tavolino con vista sull'Etna, che però quel giorno era coperta dalle nuvole. Alla fine si accese la seconda Gauloises e se la fumò lentamente, prima di tornare verso casa. Si infilò nella Mini Cooper bianca parcheggiata davanti al portoncino, cercò un indirizzo su Google Maps e mise in moto.

2.

Agostino Lomonaco, il Re del gelato, se ne stava seduto dietro il bancone della sua gelateria piú antica. Pochi capelli grigi, viso squadrato, sopracciglia alla Enrico Maria Salerno.

– Dottoressa Guarrasi, è un onore conoscerla, – l'accolse Lomonaco, alzandosi dallo sgabello e andandole incontro a mano tesa. – La sua fama la precede.

'Sta cosa della fama a Vanina non era mai andata giú, ma cosí era e non poteva farci niente. In Sicilia, per via di un passato al quale avrebbe rinunciato volentieri, il suo nome era noto. Figlia di un ispettore di polizia ucciso dalla mafia ventiquattro anni prima, nella stagione piú sanguinosa di sempre. Lei stessa, per molti anni, paladina della lotta alla criminalità organizzata palermitana con un bel po' di medaglie nel curriculum. Quei due soli elementi bastavano a riempire intere colonne di giornale.

Rispose alla stretta di mano. – Piacere mio, signor Lomonaco.

– Dottoressa, le denunce per tentato avvelenamento sono diventate tre, – l'aggiornò Spanò. – Uno dei clienti avvertí perfino sintomi strani e pertanto ritenne opportuno andarsene al pronto soccorso e sottoporsi a tutte le analisi.

– E cosa venne fuori? – chiese la Guarrasi.

– Niente, dottoressa, – rispose Lomonaco, scuro in volto, offrendole uno sgabello. – Assolutamente niente.

Vanina si guardò intorno per cercare di orientarsi. Una stanza, nemmeno troppo grande, con gli arredi tipici dei bar anni Ottanta. Un posto dove a nessuno sarebbe venuto in mente di entrare, se non fosse stato rinomato e conosciuto lungo l'intera riviera dei Ciclopi. Portoncino in alluminio anodizzato, sormontato da un'insegna in perfetto stile postbellico, e tendina di plastica a fili multicolor. Quattro sedie e quattro tavolini sparsi sul marciapiede e altrettanti sistemati all'interno, del tutto sottodimensionati rispetto all'affluenza. Bancone vintage, dotato di pozzetti d'acciaio, con relativo panno lavasciuga depositato sopra. Lontano anni luce dallo scintillio della gelateria numero quattro, in cui il navigatore l'aveva portata per sbaglio mezz'ora prima. Uno spazio luminoso sul lungomare, con una quindicina di tavoli interni e altrettanti esterni, e con mobili bianchi minimal, di quelli che in genere comparivano sulle riviste di design.

– Scommetto che si sta chiedendo perché non ho mai ristrutturato questo posto, – indovinò Lomonaco. Non aspettò che lei gli rispondesse. – Qua un tempo c'era la vecchia bottega di mio padre, – indicò la parete di destra. – Là c'era il bancone dove preparavamo i gelati, che poi vendevamo strada strada col camioncino. Quando mio padre morí capii che fare l'ambulante per tutta la vita non era cosa per me. Diedi via il camioncino e col ricavato piú qualche risparmio mi sistemai qui alla bell'e meglio. Abitavamo al piano di sopra. Facevo, come si dice, casa e putía. Iniziai a vendere i gelati al banco, e mia mamma si mise alla cassa. Poi disposi i primi tavolini, le prime vetrine. Senza manco rendermene conto, un passo per volta, mi ritrovai per le mani l'affare piú grande che avessi mai immaginato –. Sorrise. – Mi portò fortuna, questa stanzetta.

– Perciò non vuole modificarla, – disse Vanina.

Lomonaco annuí lentamente. – Esatto, dottoressa. Non me lo voglio scordare da dove sono partito –. Di colpo cambiò espressione. – E non permetterò che il mio nome e la mia attività, per cui ho lavorato giorno e notte, vengano infangati. Chiunque mi abbia giocato questo brutto scherzo merita di pagarlo caro.

– Lei che idea s'è fatto, signor Lomonaco? – chiese la Guarrasi, tirando fuori una sigaretta. – Posso? – Lomonaco fece segno di sí.

– Che idea vuole che mi sia fatto, dottoressa. Qualcuno ha voluto danneggiarmi.

– Chi potrebbe avercela con lei?

L'uomo scosse il capo. – Non lo so. Lo dissi poco fa anche a Carmelo: non mi viene in mente nessuno.

Vanina soffiò il fumo di lato. – Estorsioni? – sparò. La faccia e gli occhi che di solito mettevano in soggezione chi le stava davanti. Lomonaco non fece eccezione.

– I... in che senso?

– L'unico possibile, signor Lomonaco. Paga il pizzo a qualcuno?

L'uomo sbiancò. – No! Ma che dice, dottoressa?

– Meglio cosí, – osservò Vanina. – Del resto, uno scherzo simile non sarebbe nemmeno un tipo di ritorsione consono a quell'ambiente. Vero, Spanò? Piuttosto un incendio. O un'esplosione.

L'ispettore le resse il gioco cercando di intuire dove volesse arrivare. Non era facile decifrare la Guarrasi, nemmeno per un poliziotto scafato come lui.

Lomonaco inghiottí piú volte, senza commentare.

Da dietro una porta comparvero due uomini della Scientifica. Uno si avvicinò alla Guarrasi e la salutò.

– Buongiorno, Pappalardo. Che mi dice?

Il sovrintendente capo Pappalardo, uno con la faccia intelligente che a Vanina aveva fatto simpatia dalla prima volta.

– Ci sono lievi segni di effrazione sulla porta di servizio, poco visibili, per questo stamattina aprendo non se ne accorse nessuno. Abbiamo prelevato campioni di capsule da quattro pozzetti: quelli dei gusti ricotta, nocciola, melone e caramello salato. Gli altri gusti erano puliti. Ci lavoriamo subito, ma non le so dire quanto tempo ci vorrà.

– Come sarebbe che non sapete quanto tempo ci vuole? E io come faccio con le gelaterie? Chiuse debbono restare? – protestò Lomonaco.

– Agostino, purtroppo tutti i vostri gelati prodotti negli ultimi giorni che si trovano in circolazione e nei magazzini devono essere eliminati, – intervenne Spanò.

Lomonaco scosse la testa avvilito.

– Che tempi avete, Pappalardo? – chiese Vanina.

Il sovrintendente capo alzò le spalle. – Dottoressa, purtroppo non è facile trovare una sostanza senza avere alcun indizio. Certo, la prima cosa che faremo sarà controllare se si tratta di sostanze stupefacenti. Ma francamente...

Vanina lo anticipò. – Difficile mi pare che uno spacciatore o un trafficante si tolgano dalle tasche una simile quantità di roba cosí, aggratis, tanto per babbiare.

Pappalardo concordò.

Le nuvole si erano diradate e la temperatura stava risalendo, inesorabile. Con l'aggravante del tasso di umidità, altissimo, che avrebbe reso intollerabili climi ben piú miti di quello che caratterizzava le estati siciliane.

– Ridendo e scherzando le due meno venti si fecero, – osservò Spanò, mentre lui e la Guarrasi si dirigevano verso le rispettive auto.

– Andiamo a mangiare un boccone, ispettore. Che tanto la giornata, tra pioggia e pillole nei gelati, è persa.

– Io sono macari di servizio, dottoressa. E manco due ore fa, prima di venire qui, fici 'na colazione che valeva per tre.

– Pure io ho fatto una colazione seria, al bar vicino casa mia. Ma che facciamo, saltiamo il pranzo?

Istintivamente Spanò si guardò la pancia, strizzata nei pantaloni slim fit che si ostinava a comprare pur non avendo piú il fisico per portarli.

– La coscienza direbbe di sí, dottoressa.

– Non disturbiamo la coscienza, Spanò, che quella ci serve per altre cose. Poi, lo sa come diceva mia nonna? Iurnata rutta, rumpiemula tutta. Ormai che l'abbiamo fatta, facciamola completa. Ci vediamo da *Nino* –. La trattoria casalinga di Nino era un tempio della cucina siciliana che Vanina aveva scoperto nel suo terzo giorno di servizio a Catania, quando il primo dirigente Tito Macchia, suo diretto superiore, l'aveva invitata a pranzo lí. Da allora era diventata la sua mensa personale.

– Chiuso è, di domenica, – dovette deluderla Spanò, costernato.

Vanina si bloccò, un piede dentro l'abitacolo e uno sul marciapiede.

– Cazzarola, questa non ci voleva. E ora?

L'ispettore ci rifletté un attimo. – Se lei ha tempo e se mi giustifica in ufficio, le faccio provare un posto nuovo. Rustico, eh, però di chiddi bboni. Fa carne alla brace eccezionale e polpette di cavallo che cosí non se ne trovano piú, si fidi. E macari una caponata di quelle serie. Oltretutto è vicino a casa sua.

Vanina si fidò. Non se ne pentí.

La portafinestra di Bettina era spalancata, ma nella saletta attigua alla cucina, dove la donna soggiornava quando era in casa, non c'era anima viva.

Vanina buttò uno sguardo verso il giardino e la vide vagare tra gli alberi di agrumi. Stava per raggiungerla, ma la vicina alzò una mano facendole segno di fermarsi.

– Aspittassi, dottoressa, che se no s'allurdía tutte le scarpe.

Obbedí.

– Marunnuzza, l'agrumeto si cumminò ca pare in mezzo alle sabbie mobili. Per andare a controllare il rudere menz'ura ci volle, – esclamò Bettina, arrancando verso la terrazza centrale. Casacca di lino color corallo che la faceva sembrare ancora piú tonda di quanto non fosse già, pantaloni blu infilati negli stivaletti di gomma completamente infangati, gote rosse nonostante l'abbronzatura. Ansimava.

– Poteva chiederlo a me, – disse Vanina, allungando una mano per aiutarla a salire i cinque gradini che dal prato portavano in terrazza.

Bettina sorrise. – Accussí avremmo fatto doppio lavoro, perché arrivata ddocu lei non avrebbe saputo che cosa guardare e m'avrebbe chiamata.

E pure quello era vero. Il rudere cui la vicina si riferiva era una costruzione antica di pietra lavica, risalente al Milleseicento, che si trovava in fondo all'agrumeto. Un palmento, forse, o i resti di una casa pedemontana con tanto di pozzo-cisterna, anche quello di pietra lavica. Tutto molto suggestivo, però da controllare c'era ben poco: piú sgarrupato di cosí non poteva diventare. Ma Bettina, evidentemente, a quella costruzione teneva assai.

La vicina si liberò degli stivaloni ed entrò in casa.

– Trasisse, dottoressa.

Vanina la seguí. – Ma non avevamo detto che mi doveva chiamare per nome?

– Vero è, me lo scordo sempre. Vannina.

Sulla doppia *n* invece non c'era niente da fare.

– Mangiò? – chiese Bettina. La prima domanda che le rivolgeva ogni volta che si incontravano. Doveva aver intuito subito che a stento Vanina era in grado di accendere un fornello, e da un paio di settimane aveva iniziato a farsi trovare provvidenzialmente in difficoltà con le quantità di cibo che cucinava e che non sapeva come smaltire.

– In abbondanza, – rispose la Guarrasi. Le raccontò dove l'aveva portata Spanò e tutto quello che erano riusciti a calarsi, complice il momentaneo abbassamento della temperatura che aveva reso possibile avvicinarsi a cibi da cui con quaranta gradi all'ombra è meglio stare lontani, pena la vita.

A Bettina non rimase che rifornirla di generi per la prima delle due colazioni mattutine: savoiardi, biscotti al cioccolato, crostata con la marmellata di fichi del suo giardino. E siccome *Vannina* di mani ne aveva solo due, la accompagnò fin dentro casa.

Il dottor Adriano Calí si presentò davanti al cancelletto di ferro che non erano ancora le cinque. Vanina se ne stava sprofondata dal lato piú usurato del vecchio divano, il Mac sulle ginocchia, concentrata sull'unica parvenza di indagine in cui la sua squadra era coinvolta. Ancora col computer in mano andò ad aprire al medico, che entrò in casa con la rapidità di un tornado al profumo di colonia francese, profetizzando temporali di lí a pochi minuti, vestito che pareva il testimonial di una sartoria di lusso. Pantaloni color tabacco con le pence risvoltati alla caviglia, cintura Hermès, camicia di lino bianca aderente, mocassini scamosciati beige che sarebbe stato un sacrilegio bagnare.

Un secondo dopo, la prima goccia gli diede ragione.

– Per un pelo la scampai, – disse Adriano, asciugandosi le mani che aveva appena sottoposto al ventesimo lavaggio della giornata, il naso appiccicato al vetro della finestra. Poi si guardò intorno. – Mizzica, Guarrasi, ma qua è tutto preciso identico a com'era domenica scorsa.

– Se è per questo era cosí pure a Ferragosto, – replicò Vanina, piazzandosi di nuovo sul divano grigio.

– Appunto. Niente dobbiamo fare per risolvere questo stato di cose?

– Come lo devi risolvere, Adriano? Due terzi di quegli scatoloni sono pieni dei film della mia collezione, e l'altro terzo di libri. Non posso tirarli fuori se prima non ho una libreria, – indicò la parete davanti, del tutto spoglia tranne al centro, dove troneggiava un maxi schermo di ultima generazione. Lettore Dvd e decoder vari, nell'attesa di una sistemazione migliore, erano per terra, accanto a una piletta di film che cresceva di giorno in giorno ogni volta che Vanina ne tirava fuori uno. Per la maggior parte italiani, e datati tra gli anni Cinquanta e gli anni Settanta. Piú tutti quelli girati in Sicilia. Un paio li aveva rivisti proprio con Adriano che, incredibile a dirsi, condivideva i suoi gusti cinematografici. Una sedia addossata alla parete ospitava l'oggetto piú prezioso che Vanina possedesse e che mai e poi mai avrebbe appoggiato sul pavimento: la foto incorniciata di suo padre.

– E non puoi avere una libreria se prima non ti decidi a comprarla. O aspetti che il signor Ikea passi da Santo Stefano e venga a mostrarti il catalogo a domicilio? Scegliamola, dài, e poi se vuoi t'aiuto a montarla.

Vanina lo guardò come si guarda un pazzo. – Montarla? Ma c'è il servizio di montaggio.

– Ok, paga il montaggio, però accattiamo subito 'sta libreria, per favore, che gli scatoloni accatastati cosí non si possono vedere. Forza, su.

– Calí, tu sei scemo. Io di andarmene fino all'Ikea co' 'sto malotempo non ne ho nessuna intenzione.

Adriano sospirò rassegnato.

– Niente, Guarrasi, non sei cosa.

– Di fare che?

– Di adeguarti ai tempi moderni.

– Perché, per adeguarsi ai tempi moderni uno deve per forza scattiare alla zona industriale in pieno diluvio di domenica pomeriggio per infilarsi nel negozio piú affollato nel raggio di cento chilometri?

Adriano scosse la testa lentamente.

– Perciò secondo te l'unico modo per ordinare una libreria dell'Ikea è andare all'Ikea?

– Ce n'è un altro?

Calí si sedette sul divano accanto a lei. Indicò il Mac con un cenno.

Vanina guardò il computer e si sentí una scimunita. Adriano aveva ragione, il fatto di poter comprare quello che si vuole seduti sul divano di casa era una novità alla quale stentava ad abituarsi. Anzi, a essere sinceri non le piaceva nemmeno granché.

– Cerchi informazioni per il caso di Lomonaco? – chiese Adriano, adocchiando il monitor acceso sulla pagina del Re del gelato.

– E tu che ne sai del caso di Lomonaco? Cadaveri non mi risulta che ce ne fossero.

Adriano si fece una risata. – Come, che ne so? A Catania oggi non si parla d'altro che delle capsule nel gelato.

– Sai pure che sono capsule? A me hanno parlato di pillole.

– Capsule erano. Ma poco cambia, il punto è capire che c'era dentro.

– Già. A quanto pare non sarà un processo velocissimo.

– Andando alla cieca, no di sicuro.

Adriano sorrise, fissando il computer. Poi sghignazzò.

– Posso sapere che c'è di tanto comico nella pagina della gelateria? – gli domandò Vanina.

– Niente. Pensavo a te. Il vicequestore aggiunto Vanina Guarrasi, già superpoliziotta dell'antimafia, neodirigente della sezione Reati contro la persona, – recitò, enfatico. – Occuparsi di un caso simile per te dev'essere un po' come giocare a fare il poliziotto. Una specie di passatempo in mancanza d'altro, pur di non stare con le mani in mano. O mi sbaglio?

Non si sbagliava.

– Secondo te come fu? – gli chiese, senza dargli il sazio di aver dipinto in poche parole il quadro della situazione. E di averla capita in un paio di mesi come altra gente non era stata in grado di fare in anni.

– A mio modestissimo parere, fu che qualcuno gliela volle mettere in quel posto ad Agostino Lomonaco.

– E, in effetti, finora cosí sembrerebbe. Anche se la vittima assicura di non avere nemici.

Adriano fece una smorfia. – Nemici veri magari no, ma gente che può avercela con lui credo che ce ne sia assai. Soprattutto tra i suoi dipendenti. Lomonaco non è quello che si dice un capo illuminato.

– Vuoi dire che li tratta male?

– Di sicuro alcuni sí.

– Per esempio?

– Mah… Santo Tomarchio, per dirne uno.

– E chi è?

– Un ragazzo che gli cura il marketing online –. La guardò sornione. – Sai quelle cose moderne che si chiamano Facebook, Twitter, Instagram…

– Calí, vedi di finirla, prima che ti mandi affanculo e ti butti fuori sotto il diluvio, – lo minacciò, divertita. I social network erano forse l'unico mistero che non avesse urgenza di svelare a ogni costo. Anzi, meno glieli propinavano meglio era. – Perché 'sto Santo Tomarchio dovrebbe avercela con Lomonaco?

– Perché Lomonaco lo umilia dalla mattina alla sera. Non gli va mai bene niente, gli fa rifare le cose mille volte, lo manda a destra e a sinistra a sbrigargli faccende che col marketing non c'entrano manco da lontano. E per uno stipendio che oserei definire simbolico.

– Della serie *si pigghiasse un cafè*?

– Piú o meno.

Vanina si segnò il nome nelle note dell'iPhone. – Vabbe', indagheremo su questo Tomarchio –. Posò il telefono sul tavolino davanti al divano, altro reliquato palermitano che aveva viaggiato per l'Italia con lei. – Grazie per le informazioni.

– Non c'è di che. Lo sai che sono sempre a disposizione delle forze dell'ordine. Soprattutto se si tratta della Guarrasi, – sorrise. Poi si raddrizzò sul divano e cambiò faccia. – Ora compriamo la libreria.

Adriano Calí andò via dopo le dieci. Non pioveva piú e s'intravedeva persino qualche stella. Bettina e la sua combriccola di vedove inseparabili votate al burraco se lo videro passare davanti diretto verso il cancelletto di ferro. Adriano le salutò con un cenno della mano attraverso la finestra aperta. Vanina avrebbe scommesso un braccio che gliel'avevano già affibbiato come fidanzato. In un mese la vicina l'aveva visto entrare e uscire da casa sua almeno quattro volte. Sempre di sera e sempre dopo essersi fermato fino a tardi. Bettina non poteva certo immaginare che al dottore Calí di intrecciare una relazione con una donna non passava manco per l'anticamera del cervello, né che il massimo della trasgressione raggiunta in quelle serate era la visione di un film in bianco e nero stravaccati davanti al maxi schermo con un vassoio di pizze siciliane appena sfornate dal bar *Santo Stefano*.

Vanina recuperò il pacchetto di sigarette, un accendino e un residuo di amaro all'arancia che era rimasto nel suo bicchiere, e trascinò una sedia della cucina nella veranda che dava sull'agrumeto. Quelle di ferro, abbinate al tavolo esterno con il piano di ceramica di Caltagirone che la vicina le aveva lasciato in dotazione, erano ancora bagnate. Si accese una sigaretta e se la fumò fissando il rivolo infuocato che segnava la sommità dell'Etna, finalmente di nuovo visibile. Restò lí quasi un'ora, col telefono in mano. Rispose a tutti i messaggi che aveva ignorato durante la giornata, compreso quello di sua madre. Ce n'era uno di Giuli che, in mancanza di meglio, quel pomeriggio aveva optato per una Spa e le aveva proposto di raggiungerla. Quella mattina le aveva inviato la foto dell'amico scapolo. Vanina aveva dovuto ammettere che non era male. Chissà perché l'avvocata non ci si fiondava di corsa invece di proporlo a lei. Rispose a un collega e a una collega di Milano, quelli con cui aveva legato di piú, che chiedevano sue notizie. Controllò anche le e-mail. L'ultima era dell'Ikea, che confermava l'ordine: due librerie, quattro mensole, un tavolo da pranzo allungabile, quattro sedie, due poltrone piú un tavolino d'angolo e una piantana. Il tutto le sarebbe stato consegnato e montato tra le 8 e le 10 del sabato successivo. L'alba, per i suoi standard di risveglio mattutino prefestivo.

S'infilò nel letto a mezzanotte e iniziò a girarsi e rigirarsi nell'attesa che un accenno di sonno si facesse vivo. Si arriminava nelle lenzuola senza pace da mezz'ora, quando il telefono suonò rompendo il silenzio e sollevandola da quello strazio senza fine. Era un fisso della Mobile.

– Guarrasi, – rispose in automatico.

– Dottoressa, Spanò sono. Mi scusi se la svegliai ma era urgente.

– Tranquillo, non mi svegliò. Che successe?

– Ammazzarono a Lomonaco.

3.

L'ispettore Marta Bonazzoli andò incontro a Vanina, che aveva appena parcheggiato davanti alla gelateria numero uno.

– Buonasera, dottoressa.

– Bonazzoli, che ci fai qua? Non doveva venire Spanò?

– Ero di turno in ufficio e l'ho accompagnato in moto. Abbiamo fatto prima.

La sede storica del Re del gelato era nel pieno centro della movida serale, cui i catanesi non rinunciavano se non in rari e gravi casi. La fine del maltempo, come prevedibile, aveva scatenato l'inferno: parcheggi strapieni, vie pedonali gremite di gente armata di bicchiere, auto in coda come se fosse mezzogiorno. Vanina aveva lasciato la macchina con due ruote sul marciapiede dov'erano sistemati i tavolini della gelateria, vuoti da quella mattina.

Bonazzoli fece strada dirigendosi verso la porta di servizio.

– Abbiamo preferito tenere chiusa quella principale, per non dare nell'occhio, – spiegò.

– Avete fatto bene.

Attraversarono il laboratorio, che per com'era ristrutturato e arredato non sembrava far parte del locale: acciaio dappertutto, attrezzature e congelatori di ultima generazione. Da una porta laterale passarono nella gelateria. Un colpo di freddo le investí.

– Minchia, ma qui si gela, – fece Vanina. Meno male che nel timore che piovesse di nuovo s'era portata un giubbotto impermeabile. Se lo infilò.

– I colleghi della Scientifica hanno acceso i condizionatori perché con il caldo umido che c'era avevano difficoltà a lavorare scafandrati, – spiegò Marta, che invece pareva a suo agio. Ma quella era bresciana, era avvezza alle basse temperature.

Spanò le raggiunse.

– Dov'è Lomonaco? – chiese Vanina.

– Dietro il bancone.

Lí l'avevano lasciato, vivo, e lí lo ritrovavano riverso per terra a faccia in giú, la testa sfondata. Spanò s'avvicinò a un uomo seduto su uno degli sgabelli. Pallido, il viso disfatto. Non poteva avere piú di trentacinque anni. Altezza media, biondo, la stessa mascella squadrata e le stesse sopracciglia della vittima. – Dottoressa, lui è il figlio di Agostino Lomonaco, Rino, – glielo presentò. – È stato lui a chiamarci.

L'uomo le allungò la mano, tremante.

Vanina gliela strinse. – Vicequestore Giovanna Guarrasi. Ha trovato lei suo padre?

Rino annuí. – Sí.

– A che ora, piú o meno, se lo ricorda?

– Sí, me lo ricordo precisamente perché prima di entrare avevo telefonato a mia madre per dirle che ero arrivato. Era mezzanotte meno dieci.

– Perché era venuto qui a quell'ora?

L'uomo la guardò perplesso. – Per cercare mio padre, – rispose, come se fosse ovvio. – Mia madre non aveva sue notizie dal pomeriggio. Ci stavamo preoccupando, perciò venni a cercarlo. E lo trovai... cosí, – ebbe un cedimento. – Povero papà!

Vanina aspettò che si riprendesse.

– Non capitava mai che suo padre facesse tardi? – gli chiese.

– Certo che capitava. Anzi, era quasi la norma. Ogni sera papà si faceva il giro delle gelaterie, per controllare di persona che andasse tutto bene. Concludeva sempre con questa. È la sede in cui s'intratteneva piú volentieri. E poi qui ci sono i nostri uffici. Ma questa non era una sera come le altre. Con quello che era successo, le gelaterie chiuse, non era normale che mio padre non tornasse a casa.

– E dove si trovano gli uffici? – chiese Vanina.

– Al piano di sopra, nell'appartamento in cui abitava mia nonna.

– Bisognerà dare un'occhiata anche lí. E ci serve un elenco dei dipendenti, – gli comunicò.

Rino annuí.

– Glielo faccio preparare da mia sorella Corinna. È lei che gestisce il personale.

Vanina capí che l'uomo non ce la faceva piú. – Signor Lomonaco, vada a casa. Ci vediamo domani mattina alla Mobile.

– Grazie, dottoressa, ma preferisco aspettare che portino via mio padre.

– Come vuole. Domani mattina dovremo sentire anche sua sorella e vostra madre. E gli altri fratelli, se ce ne sono.

– No, siamo solo io e Corinna.

Vanina fece segno a Spanò di occuparsene.

Pappalardo girava intorno al cadavere con due videofotosegnalatori, senza toccarlo, in attesa che arrivasse il medico legale. Stavolta però a guidare l'operazione c'era il vicedirigente della Scientifica, Cesare Manenti. Un campione di supponenza e di malanimo che dal primo giorno

Vanina aveva classificato, senza fargliene mistero, come un cretino patentato. Non era nato un buon rapporto.

Le si avvicinò, vestito e pettinato che pareva piombato lí dritto dritto dagli anni Ottanta, e circonfuso di un dopobarba di quelli che non ti levi dal naso nemmeno dopo due ore.

– Esimia vicequestore Guarrasi, buonasera. Hai visto? Il caso del gelato si elevò al tuo livello –. Il sorrisetto stampato in faccia era perfettamente in linea con la categoria nella quale Vanina l'aveva inquadrato. In piú aveva l'aria sfottente di chi voleva dimostrare che non la prendeva sul serio come invece facevano tutti gli altri.

– Buonasera, Manenti. Avrei preferito che restasse al livello da cui è partito.

– Eh, sí, vabbe'...

– Vabbe' cosa?

– Niente, era cosí, tanto per dire... – Una faccia che si candidava da sola al pestaggio.

Vanina cambiò espressione. Spanò la guardava preoccupato.

– Manenti, vedi di finirla, – si limitò ad avvertirlo. – Cerca di darmi qualche informazione invece.

Il vicedirigente abbozzò. – Per il momento abbiamo solo un'impronta insanguinata sul pavimento, ma è troppo pasticciata per dirci qualche cosa. La cassa è aperta ed è stata svuotata. Dell'arma del delitto non c'è traccia. Questo è quanto. Ti puoi accontentare?

Vanina non gli rispose. Mentre s'allontanava diretta al bancone lo vide strisciare verso la Bonazzoli, che quella sera era pure piú bella del solito, con un filo di trucco, i capelli biondi sulle spalle e un paio di jeans che solo una col suo fisico asciutto e la sua statura poteva permettersi. Vanina raggiunse il cadavere di Lomonaco. Disteso nella posizione scomposta che aveva preso cadendo in avanti, il telefonino stretto in una mano, la chiave del registratore di cassa nell'altra.

– Certo, se non ci fosse stata prima la faccenda delle pillole, avremmo potuto pensare a una rapina, – osservò Spanò.

– L'assassino provò a farcelo pensare lo stesso, – disse la Guarrasi analizzando il registratore di cassa, le mani in tasca per non toccare nulla. – Notizie del pm? – chiese a Spanò.

– Sta arrivando. È il dottore Vassalli. Dovrebbe arrivare anche il medico legale, ma non so chi è.

– Lo so io, è Calí –. Adriano l'aveva avvertita con un messaggio. – Piuttosto, lei lo conosce questo Vassalli?

Spanò esitò un momento. – Sí, – disse.

Vanina si voltò verso di lui. – Ispettore, – lo fissò, – avanti, mi dica quello che mi vuole dire.

– Ma no, niente, dottoressa.

– Spanò.

L'ispettore comprese che ormai l'aveva fatta.

– È un tipo un po'… lento. Prudente, ecco.

– Prudente nel senso che è misurato o prudente nel senso che si scanta dell'ombra sua?

Spanò si guardò le scarpe. – Penso… – esitò di nuovo.

Vanina non aspettò che si decidesse. – Ho capito, Spanò. La seconda –. Alzò gli occhi al cielo. – Persi siamo.

– Chi lo sa, dottoressa, magari è impressione mia.

– E secondo lei la mia impressione può mai essere piú benevola della sua?

Spanò non rispose, ma si lasciò scappare un sorriso sotto i baffoni. Si conoscevano da appena due mesi eppure s'erano intesi quasi subito, lui e la Guarrasi.

Il pm e il medico legale arrivarono insieme. Adriano scambiò un saluto veloce con Vanina e raggiunse il suo *paziente*, mentre lei andava incontro al magistrato. Un metro e sessantacinque – forse – di altezza, pancia prominente, capelli sale e pepe. Un Saro Urzí dei giorni nostri.

– Franco Vassalli, – si presentò, con una stretta di mano che piú molle e sfuggente non poteva essere. Un biglietto da visita non eccezionale.

– Giovanna Guarrasi, – rispose Vanina.

– Conosco, conosco.

Per come la guardava pareva volesse aggiungere «purtroppo».

Lo ragguagliò con quel poco che sapevano.

– Quindi lei vuole escludere a priori che possa trattarsi di una rapina? – obiettò il magistrato.

– Mi pare per lo meno improbabile, – si limitò a replicare. Le era bastato mezzo minuto di conversazione, con relativa mal dissimulata insofferenza di Vassalli, per capire che si trovava davanti il peggiore dei titolari che un'indagine potesse avere. Avrebbe scommesso qualunque cosa che la pista favorita dal pm sarebbe stata quella piú facilmente percorribile.

– Cosa ipotizza allora?

– Al momento nulla, dottor Vassalli. Ma partirei dall'episodio delle pillole.

– Lei reputa che i due fatti siano collegati? – fece, preoccupato.

– Sarebbe strano se non lo fossero. A meno di non voler immaginare una coincidenza, che in genere è sempre l'ultima delle possibilità –. Stava aggiungendo «dovrebbe saperlo anche lei», ma si trattenne.

– Come pensa di muoversi?

– Per cominciare vorrei sentire tutti gli avventori che stamattina si sono ritrovati le capsule nel gelato. In particolare quelli che hanno sporto denuncia.

Il pm sgranò gli occhi. – Tutti?

– Tutti, certo.

– Brutta faccenda, brutta faccenda, – borbottò tra sé e sé, allontanandosi.

Vanina guardò Spanò, che si sforzava di non ridere.

– Ispettore, lei capí che voleva dire Vassalli? – gli chiese a voce bassa.

A voce ancora piú bassa Spanò le rispose.

– Niente, dottoressa, è che tra gli avventori delle gelaterie ci sono certi nomi che Vassalli non s'azzarderebbe a scomodare manco pagato.

Il pm s'era avvicinato a Adriano, che si stava sfilando i guanti per gettarli in un sacchetto offerto da Pappalardo. Li raggiunsero.

– Qui piú di questo non posso fare, – disse il medico, mentre si strofinava le mani con una salvietta e successivamente le inondava di gel disinfettante. Come poteva un igienista schifiltoso e ipocondriaco come lui fare quel mestiere era un enigma che Vanina non riusciva a spiegarsi.

– Cosa sappiamo? – gli chiese.

– Dev'essere morto da non piú di tre ore. Il colpo è stato uno, secco e mortale. Gli ha sfondato l'occipite. L'arma doveva essere pesante e avere un angolo acuto. O quantomeno una sporgenza.

– L'hanno colpito lí, dietro il bancone? – chiese Spanò.

– Sí. Probabilmente da destra, a giudicare da com'è caduto e dalla ferita.

Manenti s'era materializzato accanto al pm e lo stava ossequiando.

– Avete riscontrato segni di effrazione? – gli domandò subito Vassalli.

– Sulla porta principale?

– Eh, su tutte, dottore, su tutte.

Il pm sembrò dissimulare una certa insofferenza nel dover specificare l'ovvio. Vanina la appuntò come una nota positiva a suo carico, l'unica fino a quel momento.

– No, – rispose subito Manenti. Davanti agli occhi di tre poliziotti, un pm e un medico legale fu costretto a cedere parte della sua sicumera. – Pappalardo! – chiamò.

Il sovrintendente capo arrivò subito.

– Dica, dottore.

– Avete ricontrollato se le porte erano state forzate? – Se la girò cosí, per non ammettere che non lo sapeva.

– Certamente. Nessun segno di effrazione, eccetto quello che avevamo già visto stamattina sulla porta di servizio.

– Come mai io non ero a conoscenza di questo dettaglio? – fece il pm seccato.

Pappalardo guardò Spanò, che a sua volta guardò la Guarrasi. Che si prese la briga di rispondere per tutti e tre.

– Ma quindi lei era in procura ad aspettare il rapporto sul sabotaggio del gelato e noi non ne eravamo al corrente? Mi dispiace moltissimo, dottore. Se l'avessi immaginato avrei chiesto ai miei uomini di aggiornarla immediatamente.

Per pura creanza nessuno scoppiò a ridere.

4.

Catania non si fermava mai, manco alle due del mattino. Per tornarsene a Santo Stefano Vanina impiegò piú di quanto di solito ci metteva in un'ora di punta del pomeriggio. Si capisce, dopo quasi due giorni di pioggia, una domenica sera di fine agosto la gente deve rifarsi. Spanò, prima che si mettesse in macchina, l'aveva avvertita.

– Si armasse di santa pazienza, dottoressa, che a salire verso i paesi etnei può trovare fila.

– Fila a quest'ora? – aveva replicato Vanina.

– Capacissimo. Tutta la gente che si ritira a dormire nelle case estive.

– Ma le case estive dei catanesi non erano verso Aci Trezza?

– Certo, Aci Trezza, Aci Castello, Capo Mulini. A giugno, a luglio. Dopo Ferragosto, macari se il mare è piatto ca pare una tavola, i catanisi lassanu lidi, scogliere, barche e gommoni, e s'arritirano nelle case in muntagna.

E ora Vanina era lí, ferma allo svincolo «paesi etnei» dietro una fila di macchine, a riflettere sul senso di quelle abitudini che Spanò le aveva presentato come se fossero consolidate da generazioni. Si accese una sigaretta e afferrò l'iPhone. Aprí le note e ne creò una nuova. La intitolò «catanesate».

Scrisse per prima quella della casa in montagna da Ferragosto in poi. Aggiunse qualche modo di dire che aveva imparato negli ultimi due mesi. Il tuppo della brioche inzuppato nella granita, o meglio ancora il pane. L'Etna che era femmina e si chiamava «muntagna». E nessuno la temeva, anzi, quasi la veneravano. E piú rifletteva, piú si accorgeva di quanto si sentisse straniera in un posto che, a rigor di logica, avrebbe dovuto sentire un po' come casa sua. Era tornata in Sicilia, per i suoi amici milanesi era di nuovo a casa. Catania, Palermo, cosa cambiava? Sempre Sicilia era. Invece non era cosí. Vanina era palermitana e palermitana restava, fino al midollo. E un palermitano a Catania, per definizione, non ci si poteva trovare bene. Il fatto che non avesse nemmeno tentato – o meglio che avesse evitato – di tornare nella sua città la diceva lunga su quanto profonda e dolorosa fosse la ferita che continuava ad allontanarla da tutto quello che amava.

La fila si sbloccò in tempo per evitare che i pensieri la portassero troppo lontano.

Arrivare in ufficio alle otto e mezzo l'indomani mattina fu un'impresa titanica. Le due sveglie erano suonate una dietro l'altra senza che lei se ne accorgesse. La terza, quella a carica manuale appartenuta ai suoi nonni che lei piazzava ad hoc lontano dal letto, era chiusa in qualche scatolone. Due caffè a casa con un paio di biscotti di Bettina, un passaggio veloce al bar *Santo Stefano* per farsi incartare una brioche con lo zucchero granellato sopra, di quelle che non si trovavano da nessun'altra parte, e una granita che sistemò in una borsa termica per conservarla quasi intatta. Una corsa contro il tempo per riuscire a installarsi nel suo ufficio in orario.

S'era appena piazzata alla scrivania e aveva aperto il cartoccio del bar quando il primo dirigente Tito Macchia, capo della Mobile altrimenti detto Grande Capo per la sua stazza, bussò ed entrò. Completo di lino blu, barba folta regolata di fresco, sigaro in bocca. Centoventi chili, come minimo, di autentica napoletanità.

– Guarrasi, ma sempre a mangiare ti trovo.

Vanina allargò le braccia. – Meglio a mangiare che a fumare, no?

– Almeno non è proibito, – la provocò. Lui il sigaro lo teneva spento.

Le si sedette davanti.

– Vuoi un po'? – offrí Vanina.

Si divisero la brioche, mentre della granita non era rimasta che una bevanda fresca al sapore di mandorla macchiata caffè.

Incurante della frecciata appena ricevuta, Vanina si accese una sigaretta.

– Ci sono le finestre aperte, – rispose allo sguardo contrariato di Macchia.

– Vabbuo', facciamo finta di non vedere –. Per fare finta meglio, si accese il sigaro. – Dunque, questo gelataio ammazzato?

Vanina lo aggiornò, partendo dalle pillole nel gelato e finendo col cadavere di Lomonaco dietro il bancone.

– Mi pare scontato che il registratore di cassa vuoto sia stato una messinscena, perciò passerei direttamente ad altre piste, – concluse Macchia.

A Vanina scappò un sorriso.

Tito si fermò. – Che c'è, Guarrasi?

– Niente, scusami, continua.

– Guarra', non mi fare seccare. Che c'è?

Vanina cedette. – Va bene. Indovina qual è la pista preferita dal pm?

– Chi è il pm? Vassalli?

– Sí.

– Quella della rapina, ovvio.

Si fecero una risata.

In quel momento entrò la Bonazzoli. Si bloccò sulla porta, imbarazzata.

– Scusate, torno piú tardi.

– Ispettore, prego, – disse Macchia.

Marta si avvicinò alla scrivania, rimase in piedi.

– Bonazzoli, che fai? Siediti, – la invitò Vanina. Non la capiva, 'sta picciotta. Pareva tanto sperta, guidava le auto come un pilota di Formula 1 e le moto come un motociclista di professione, ma in presenza di Macchia si paralizzava. Una scolaretta davanti al preside.

Marta obbedí, in silenzio.

– Dovevi dirmi qualcosa?

La ragazza si svegliò. – Sí, mi scusi. Ho cercato informazioni su Lomonaco nel sistema Sdi. Non risulta niente, nemmeno una multa. Ho radunato le denunce dei clienti che hanno trovato le pillole nel gelato, sono circa una ventina. Tutte per tentato avvelenamento. Per la maggior parte si tratta di clienti della gelateria quattro.

– Quella nuova sul lungomare, – spiegò la Guarrasi a Tito.

Marta proseguí. – Esatto. Ci sono anche un deputato regionale, con la moglie e la figlia undicenne, e un calciatore.

A Vanina tornò in mente quello che le aveva detto Spanò.

– Una camurría, in poche parole.

– Quando intendi convocarli? Cosí mi preparo, – chiese Tito.

– Oggi. Anzi, Bonazzoli, iniziamo subito.

– Ok, procedo –. Marta si alzò e se ne scappò che pareva la stessero rincorrendo i cani.

– Mah, – fece Vanina, seguendola con lo sguardo.

– Che c'è, Guarrasi?

– 'Sta picciotta è un mistero.

Macchia strinse il sigaro tra i denti in un sorriso distratto. – Sarà timida, – la liquidò. – Allora, tornando a noi: le piste a mio parere sono due, e sono entrambe collegate alla storia delle capsule nei gelati. Quello che mi chiedo è: se l'intento finale era di ammazzare Lomonaco, che senso ha avuto organizzare tutto quell'ambaradàn? Per sviare i sospetti, per creare confusione?

– Oppure l'omicidio non era nei piani, e l'ambaradàn era finalizzato a una ritorsione. O un'intimidazione.

– Pensi che possa essere un fatto di pizzo?

Vanina prese un respiro, la faccia dubbiosa. – Tito, io non so se la criminalità organizzata catanese è piú fantasiosa di quella palermitana, ma francamente un galoppino della mafia non ce lo vedo proprio a inventarsi un'intimidazione cosí raffinata. E pure il modo in cui l'hanno ammazzato non mi pare cosa da killer mafiosi. Anzi, nemmeno da omicidio premeditato. Però, sai com'è: mai precludersi una pista. La risposta che mi diede Lomonaco quando gli chiesi se subiva estorsioni era un no, ma sembrava un sí. Cerchiamo di capire se diceva la verità.

– Sono d'accordo, su tutto. Quindi una vendetta personale è l'ipotesi piú plausibile.

– Ecco perché ho bisogno di sentire tutti quelli che hanno vissuto in prima persona questa assurdità. E soprattutto quelli che l'hanno denunciata.

– Vabbuo', Guarrasi. Mi preparo, – ripeté il capo alzandosi dalla sedia. Era la seconda volta che lo diceva.

– Per che cosa, ti prepari? – domandò Vanina.

– Per eventuali scassacazzi che mi verranno a chiamare, chiedendo il motivo di questa convocazione. Sempre che non vadano direttamente dal questore, che sai come sono certe persone: se non parlano con i vertici non sono contente. E poi i vertici si rivolgono a me. Perciò alla fine, in un modo o in un altro, sempre io me la dovrò piangere.

Vanina sorrise, infilandosi una sigaretta in bocca. – Capo, ti comunico che li convocherò lo stesso.

Macchia tornò indietro, si appoggiò alla scrivania. – Guarrasi, ti comunico che se non li convocassi perderesti la mia stima.

Il sovrintendente Domenico Nunnari sporse la testa nell'ufficio della Guarrasi. La vide con in mano un chiodo e un martello. Si spaventò.

– Dottoressa, che fa?

– Appizzo alla parete il calendario della polizia, che per due mesi a turno avete promesso di farlo voi, e invece ogni giorno me lo ritrovo sul tavolo. Il 2015 tra poco finisce, di questo passo fa in tempo a uscire quello nuovo.

Nunnari si batté una mano sulla fronte. – Scusi, me lo scordo sempre. Lassassi stare, piú tardi ci penso io, glielo prometto –. 'Sa quanto ci teneva la Guarrasi a 'sto calendario.

– Mi fido?

– Signorsí signore.

Vanina lo guardò strano. Non era la prima volta che le rispondeva cosí.

– Nunnari, me la levi una curiosità? Ma chi te lo insegnò a rispondere «signorsí signore» al tuo superiore? In polizia siamo.

L'uomo diventò bordeaux dai capelli al sottogola. Era impaludato in una maglietta verde militare e un pantalone cargo mimetico che non riducevano di un centimetro l'aspetto pingue.

– Mi scusi, dottoressa, ha ragione. Non lo faccio piú.

Vanina posò il martello sulla scrivania.

– Perché eri entrato, che mi volevi dire?

– Ah, sí: arrivò la moglie di Agostino Lomonaco assieme ai figli.

– Falli entrare tra due minuti.

Nunnari bloccò a mezz'aria la mano che stava scattando sulla fronte.

– Signor… – Si corresse: – Subito, dottoressa.

Vanina lo squadrò mentre caracollava verso la porta. Si sedette sulla poltroncina girevole dietro la scrivania e riprese in mano il foglio su cui Spanò aveva annotato le informazioni che era riuscito a recuperare, solo lui sapeva come, nelle prime ore del mattino, prima di andare a controllare l'ufficio di Lomonaco insieme a Fragapane, l'altro «veterano» della squadra. Di Corinna era scritto che aveva trentasei anni ed era laureata in Scienze della comunicazione, stato civile nubile ma fidanzata con tale Tommaso Stella, titolare di una concessionaria di macchine. Il fratello, trentaquattro anni, risultava laureato in Scienze dell'alimentazione. Celibe pure lui. Una nota dell'ispettore, che chissà da quale curtigghio era venuta fuori, definiva Rino Lomonaco «squeto», spiegando che era un frequentatore di feste e locali di tutti i tipi.

Nunnari rientrò cedendo il passo a una donna integralmente vestita a lutto, con tanto di calza nera velata che con i trentacinque gradi, tornati inesorabilmente, doveva essere cosa da svenire all'istante. Cinquantanove anni portati bene, capelli sul castano, raccolti in una pettinatura che all'epoca dalla quale la signora pareva uscita era conosciuta col nome di «banana», occhiali da sole a farfalla. Un personaggio da film di Pietro Germi. La sua copia, ringiovanita di una ventina d'anni sia come età sia come outfit, entrò appresso a lei. Corinna Lomonaco, si presentò. Per ultimo si palesò Rino, seguito dalla Bonazzoli.

– Vicequestore, mi perdoni se la mia faccia non è granché presentabile, – esordí Maria Lomonaco, sedendosi in mezzo ai due figli davanti alla scrivania e togliendosi gli occhiali da sole. Comparvero due occhi verdi che in un'altra circostanza, senza occhiaie né esiti di pianto, si sarebbero potuti definire splendidi.

– Non si preoccupi.

– In casi come questi bisognerebbe tenere gli occhiali scuri, ma stamattina non credo che lei lo gradisca. In un'indagine di polizia l'interlocutore va guardato negli occhi. Mi sbaglio, dottoressa?

Vanina accennò un sorriso. – No, non si sbaglia, signora Lomonaco.

Maria si sistemò sulla sedia. – Perciò, mi dica cosa le giova sapere.

– In questo momento? Tutto. Ma andiamo per gradi: cos'ha fatto il signor Lomonaco ieri pomeriggio?

– Non lo so. Mio marito non pranzava mai a casa, e non mi raccontava mai quello che faceva durante la giornata. Di solito compariva verso le sette, per lavarsi e cambiarsi per la serata, ma ieri non fece manco quello. Alle undici mi decisi a chiamarlo e il telefonino squillò a vuoto. A quel punto mi preoccupai e domandai a Rino, che era appena rientrato, di andare a cercarlo. Ero sicura che fosse in gelateria. Con tutte le collere che s'era preso ieri, temevo che avesse avuto un malore. Tutto potevo immaginare tranne che fosse stato… ucciso.

– Lei ha idea se suo marito negli ultimi tempi avesse avuto problemi con qualcuno? Magari un dipendente o una dipendente, persone che incontrava per lavoro. O persone cui poteva aver fatto un torto.

La donna scosse la testa lentamente.

– No, dottoressa. Non saprei darle una risposta. Le ripeto: quello che faceva durante la giornata, mio marito non me l'ha mai raccontato. Era già cosí in tempo di pace, quando ancora andavamo d'amore e d'accordo, si figuri adesso che stavamo insieme per modo di dire.

– E come mai allora s'è preoccupata quando non l'ha visto rientrare?

– Non era una giornata come le altre. Le gelaterie erano chiuse e lui non stava bene. La pressione gli era salita a duecento, ieri mattina. E poi non esisteva che Agostino non tornasse a dormire a casa.

– Nonostante la situazione tra voi.

Maria fece una smorfia. – La *situazione*. Eravamo una delle tante coppie che col tempo cambiano… come dire… assetto. Ma a nessuno dei due è mai venuto per testa di separarsi o di rifarsi una vita. Né a me né, tantomeno, a lui.

– Quindi lei è certa che suo marito non avesse un'altra donna.

– Certa come lo sono di essere la madre dei miei figli.

– E voi? – chiese Vanina ai due fratelli. – Lavoravate con vostro padre entrambi, cosa mi sapete dire?

I due si guardarono, incerti su chi dovesse rispondere per primo. Partí Corinna.

– Io mi occupo dell'amministrazione e del personale. Sto per lo piú in ufficio. Non lavoravo gomito a gomito con mio padre, lui di solito passava quasi tutto il tempo nei laboratori –. Scrollò le spalle. – Assurdo che qualcuno sia riuscito a entrarci a sua insaputa.

– Scusi, dottoressa, – intervenne Rino, – ci sono novità riguardo alle pillole?

Vanina aveva ricevuto dalla Scientifica un rapporto parziale mezz'ora prima.

– Non si tratta di sostanze stupefacenti. Altro per il momento non sono riusciti a scoprire.

– Lei pensa che le due cose siano collegate? – chiese la vedova.

Vanina non s'allargò. – Tutto può essere –. Buttò un occhio al foglio di Spanò e riportò il discorso dove le interessava. – A proposito, mi risulta che da qualche tempo i vostri gelati siano venduti anche al di fuori delle gelaterie. È un'attività nuova? – chiese.

Le rispose Rino. – Sí. Da circa un anno. Alcuni negozi di alimentari selezionati di Catania e provincia vendono i nostri gelati, opportunamente confezionati.

– Era stata un'idea di vostro padre?

– Tutte le idee erano sempre di nostro padre, dottoressa. Ed era lui in persona a gestire tutto, – precisò Corinna. Rino confermò abbassando la testa. Non traspariva nessun risentimento per quella gestione accentratrice.

– Quindi era lui a trattare con i commercianti?

– Trattava principalmente con un distributore, che a sua volta aveva i contatti con i commercianti.

– Conosce il nome di questo distributore, dottoressa Lomonaco?

– Sí, ma non lo ricordo –. Corinna ci pensò un attimo, poi tirò fuori il telefono. Iniziò a smanettare. – Vediamo se recupero una fattura... Eccola qua: Gullotta Liborio –. Alzò gli occhi sulla Guarrasi.

Vanina se lo segnò su un foglietto e lo passò alla Bonazzoli, che nel frattempo s'era messa di lato accanto a lei. Marta uscí.

– Come dicevo ieri a suo fratello, abbiamo bisogno di un elenco del personale, – proseguí Vanina.

Corinna annuí. – Appena esco vado in ufficio e ve lo stampo.

– Cori, in ufficio non ci puoi andare, – le ricordò Rino.

– Ah, è vero. Allora come faccio?

– Verrà con lei uno dei miei uomini, – assicurò la Guarrasi. Si puntò sui gomiti e si sporse in avanti. – Sentite, ieri lo chiesi a vostro padre e la sua risposta non mi convinse. Lo richiedo a voi, e mi aspetto assoluta sincerità. La posta in gioco adesso è tutt'altra, e qualunque omissione potrebbe portare a non scoprire mai chi l'ha ucciso –. Lasciò loro un momento per elaborare quella premessa. – Avete mai subito estorsioni?

I due fratelli si guardarono.

– Estorsioni di che tipo? – chiese Corinna.

E due, pensò Vanina. Una stampa e una figura col padre. – E di che tipo, dottoressa Lomonaco? – Le diede il tempo di arrivarci da sola.

– Ma sta parlando del pizzo?

– Cosí si chiama in gergo.

Corinna non si scompose, né parve preoccupata. Rifletté sulla domanda, scambiò un'altra occhiata col fratello, che pareva sinceramente caduto dal pero.

– Ne dubito, dottoressa, – rispose.

– Vostro padre potrebbe avervelo tenuto nascosto?

– Mah, teoricamente sí. Però in pratica… sarebbe stato difficile.

– Perché?

– Perché mentre sulla gestione era lui a decidere, spesso senza interpellarci, dal lato economico è sempre stato tutto trasparente. Le entrate e le uscite sono tracciate, per di piú la contabilità la tengo io. Versamenti, prelievi, ogni cosa è documentata. Papà ci teneva che nessuno potesse mai accusarci di evadere le tasse, e stava attento a pagare fino all'ultimo euro. Mi creda, sono salassi veri e propri. Se avesse usato molto contante a intervalli regolari senza dare nessuna giustificazione me ne sarei accorta.

Vanina si protese in avanti sulla scrivania. – E ora me lo starebbe dicendo, giusto?

Corinna non ebbe esitazioni. – Può esserne certa.

5.

Maria Giulia De Rosa la aspettava davanti al portone della Mobile, appoggiata alla portiera del suo Suv.

– Sappi che ti piazzasti in un posto dove non parcheggio manco io, – la avvertí Vanina.

Giuli si guardò intorno. – Non ho dato fastidio a nessuno, – protestò entrando in macchina.

Vanina salí. – Qualcuno ti ha fatto presente che è riservato alla polizia?

– Veramente sí. Poco fa, una poliziotta che usciva dal portone. Una che pare una modella e parla nordico. Ma chi è?

– L'ispettore Marta Bonazzoli. È nella mia squadra.

– Che sfiga, – fece l'avvocata.

– Perché?

– Una cosí quando andate in giro insieme ti fa terra bruciata con gli uomini che incontrate –. Si voltò verso Vanina. – Nel senso che guardano tutti lei, – spiegò meglio.

– L'avevo capito, Giuli.

– Oh, ma non è riferito a te nello specifico. È un discorso generale. Un po' come quando capiti a Milano durante la settimana della moda. Porca miseria, ogni volta è un colpo mortale all'autostima.

Vanina la guardò perplessa. – Ah, sí? – Lei a Milano ci aveva vissuto per due anni, di settimane della moda ne aveva incrociate forse quattro senza mai sapere né quando né dove si svolgessero. Ma, soprattutto, non le era mai passato per testa di patire il paragone con le ragazze tirate a lucido che si incontravano ovunque, metropolitana compresa. Cosí come non le era passato per testa di scapicollarsi a casa a cambiarsi solo perché sapeva che l'avvocata si sarebbe presentata vestita secondo il canone perfetto della frequentatrice di locali alla moda. Giacca di lino beige e camicia bianca s'era messa quella mattina, e giacca beige e camicia bianca s'era lasciata. Jeans col risvolto e stringate inglesi bianche.

Giuli si era allontanata dal centro storico e stava puntando verso il lungomare.

– Dove andiamo, giusto per saperlo?

– In un posto carino. Di giorno è un solarium, di sera diventa un locale dove fare aperitivo.

Vanina si pentí di averle detto di sí. – Giuli, massimo un'ora e mi riporti alla mia auto, – le ricordò. Ci mancava solo di ritrovarsi intrappolata in una serata mondana.

L'amica giurò solennemente. Cinque minuti dopo se lo scordò.

Quando la telefonata di Spanò fece vibrare il suo telefono, il vicequestore Vanina Guarrasi era al terzo spritz e iniziava ad avere le traveggole per la fame. Il cibo che accompagnava l'aperitivo era scarso e talmente indefinito da averle fatto passare la voglia di ripetere l'assaggio. Adriano, unica ancora di salvezza per evadere anzitempo e sperare di mettere sotto i denti qualcosa di sostanzioso, era troppo preso dal suo compagno, Luca Zammataro, appena rientrato dallo Yemen dove aveva condotto un'inchiesta per il giornale nazionale in cui lavorava. Di gran lunga il soggetto piú interessante dell'intera compagnia. Enrico Biancavilla, il famoso amico avvocato che finalmente Giuli era riuscita a presentarle, non la mollava da un'ora e mezzo. Un Cary Grant del XXI secolo, ma pieno di sé come pochi ne aveva conosciuti. Se non l'aveva allontanato dopo due minuti era solo perché una parentesi veloce, puramente fisica e senza nessun altro coinvolgimento, non le sarebbe dispiaciuta.

Si allontanò scusandosi per rispondere al telefono.

– Spanò, mi dica.

– Dottoressa, la disturbo?

– Assolutamente no. Dica.

– Ma sento musica, è fuori?

– Sono in un locale. La ascolto.

– Se vuole posso richiamarla piú tardi...

– Amuní, Spanò, mi dica!

– Finii ora ora nell'ufficio di Lomonaco. Salvatore e io ci spulciammo documento per documento. Macari chiddi che stavano nella cassaforte.

– E che trovaste?

– Una cosa seria assai.

– Seria al punto da indirizzare le indagini?

– Direi di sí.

Vanina ci rifletté un attimo.

– Venga a prendermi.

Spanò aveva selezionato i documenti importanti. Il grosso era rappresentato da fatture relative alla nuova attività di vendita, tutte in regola. Poi c'era quello che avevano trovato nella cassaforte, quando finalmente erano riusciti ad aprirla.

– In poche parole, dottoressa: qualche settimana fa Agostino Lomonaco aveva avviato una procedura di disconoscimento nei confronti della figlia Corinna. Dalle carte non si può dedurre se la carusa era a conoscenza o no della cosa, ma sicuramente ne doveva essere a conoscenza sua madre.

– Che manco a dirlo si guardò bene dal farmene cenno, – aggiunse Vanina, seduta alla scrivania di Lomonaco ingombra di carte.

– Magari non disse niente perché era presente la figlia, – ipotizzò Spanò.

Vanina ci meditò su, la sigaretta tra le dita ancora spenta.

– Questo potrebbe significare due cose, – disse. – La prima, che Corinna non sapeva e non sa niente di questo disconoscimento. La seconda, che invece sa tutto e non immagina che noi lo abbiamo scoperto. In entrambi i casi, sarebbe un'ingenua. E a me, ispettore, Corinna tutto sembrò tranne che un'ingenua.

– Perciò secondo lei lo sa.

Vanina si limitò ad allargare le braccia, in segno di incertezza. Ma la faccia, quella diceva che sí, lei era convinta che Corinna lo sapesse.

– Trovò altro che ci possa interessare?

– No. La contabilità se la pigliò Fragapane, che se la sta spulciando per bene.

– Se lo fa con la stessa flemma di quando guida, persi siamo.

Il vicesovrintendente Salvatore Fragapane era un bradipo del volante, capace di bloccare il traffico anche quando la velocità media era trenta all'ora. Il piú anziano della squadra, prossimo alla pensione. Per qualche motivo balzano, gliel'avevano appioppato come autista nei primi giorni di servizio a Catania e lui aveva rischiato piú volte di volare fuori dall'abitacolo per raggiunto limite di tolleranza della sua superiore.

– No, dottoressa, per questo tipo di lavoro si può fidare di Salvatore. Uno piú preciso e camurriuso di lui a esaminare carte e fascicoli è difficile trovarlo.

Era quasi mezzanotte quando uscirono dall'ufficio di

Lomonaco. Vanina aveva una fame che si sarebbe calata tutti i gelati conservati nei congelatori, pillole comprese. E nemmeno in quel caso sarebbe rimasta soddisfatta: aveva bisogno di qualcosa di consistente.

– Ha mangiato, ispettore?

– Sí, dottoressa. Salvatore e io ci accattammo quattro arancini qua vicino.

– Buone erano?

– Che cosa?

– *Le* arancin*e*. Il nome corretto quello è.

– Ah... certo –. Spanò non si sarebbe mai sognato di contraddire una dirigente palermitana su una questione spinosa come quella dell'arancino/arancina. Tanto, per lui, come lo chiamava chiamava, contava solo che fosse buono. E l'ultimo che aveva mangiato era stato una fitinzía. – Insomma, ne provai di migliori. Al bar sotto casa sua a Santo Stefano, per esempio. Là sono insuperabili.

– Lo so, Spanò. Ma a quest'ora Alfio è nel meglio sonno, perciò mi devo accontentare.

– Eh, ma pure il posto dove li accattammo noi è chiuso sbarrato da almeno due ore. E temo macari tutte le altre rosticcerie.

– Ristoranti, pizzerie? – chiese la Guarrasi.

– Di lunedí sera mi pare difficile, dottoressa.

La cosa iniziava a imbrogliarsi, stai a vedere che le sarebbe finita a latte e biscotti. E lei, incredibile a dirsi, proprio quella sera di tutto aveva voglia meno che di dolci. Capitava cosí quando la fame era veramente lupigna: aveva bisogno di cose salate. Un piatto di pasta. Una pizza buona. Mannaggia a Giuli e alle sue aperi-cene nei locali di tendenza. Aperi-digiuni, sarebbe stato meglio chiamarli.

– Ma come? Vi portate la testa dalla mattina alla sera con la storia che Catania è una città *viva*, tutte le teorie sul vulcano che carica la gente di energia, e poi manco una pizzeria aperta a mezzanotte perché è lunedí?

– Qualche posto aperto ci sarà, ma io non ne conosco. Forse uno di quelli che frequentano i carusi un panino o una cosa veloce glieli fa.

Per carità, un altro locale dove allitrarsi di cocktail per raccattare due bruschette Vanina non l'avrebbe retto.

– Lasci stare, ispettore. Mi riporti alla macchina.

Spanò partí per accompagnarla in piazza Pietro Lupo, dove la Guarrasi aveva parcheggiato la Mini quella mattina. Lungo la strada passarono davanti a un McDonald's, il refugium peccatorum sicuro per chi non sa dove altro sbattere la testa.

L'ispettore rallentò. – Che dice, ci fermiamo, dottoressa? C'è pure il servizio in macchina.

Vanina ebbe un attimo di tentennamento. Durò poco.

Gli scatoloni dei film si andavano svuotando sera dopo sera, e la pila di Dvd sotto il televisore diventava sempre piú alta.

Sceglierli secondo la numerazione riportata nell'elenco che lei aggiornava di volta in volta era impossibile. Avrebbe dovuto sistemarli in ordine preciso al momento di lasciare la vecchia casa, cosa che non le era passato manco per l'anticamera del cervello di fare. I traslocatori li avevano presi *a muzzo*, come capitava, e sempre a muzzo li avevano schiaffati in quelle scatole infernali. Tutte uguali. Affidandosi alla fortuna, Vanina rovistò prima in una poi in un'altra finché non si ritrovò in mano qualcosa di piacevole da guardare bevendo Coca-Cola senza caffeina – che se no di dormire se ne sarebbe parlato l'indomani – e fumando un paio di sigarette in santa pace. *Matrimonio all'italiana*.

Mentre armeggiava col lettore, la televisione si accese su uno di quei canali che propongono notizie ventiquattr'ore al giorno, con tanto di sottotitoli. In quel momento l'immagine da Roma si spostò a Palermo, davanti al Palazzo di Giustizia, dove una maxi operazione antimafia s'era appena conclusa con dieci arresti di cui due eccellenti. L'operazione, condotta dalla sezione Criminalità organizzata della Mobile di Palermo, era stata diretta dal sostituto procuratore Paolo Malfitano. Vanina si bloccò. Sapeva di dover cambiare canale, ma resistette. Prima o poi bisognava che si mettesse alla prova, le sarebbe servito come conferma. Tre anni erano passati, il distacco che si era imposta doveva essersi ormai compiuto. Mentre le immagini passavano dalla piazza del tribunale agli uffici della Dda bevve un sorso di Coca-Cola.

Le andò di traverso.

La veglia notturna, invece delle consuete due ore, era durata fino alle sei del mattino. Tempestosa che in confronto il diluvio di due notti prima era stato un paradiso. Un continuo palleggio tra il subconscio scatenato, che proponeva a raffica ricordi ormai archiviati, e la sua volontà ferrea di ricacciare quel rigurgito di passato nei meandri dai quali era uscito. La sensazione, terrificante, che tre anni non fossero bastati e che nessun distacco fosse avvenuto. S'era addormentata, sfinita, alle sei e un quarto per ridestarsi dopo un'ora, quando la prima sveglia aveva suonato spietata.

Era uscita barcollando, vestita con quello che aveva trovato sulla sedia, e s'era fiondata al bar *Santo Stefano* cosí presto che Alfio aveva appena sfornato tutta la colazione. Al posto della solita granita estiva aveva trangugiato un cornetto con la crema di quelli fuori misura e due cappuccini. S'era fumata due sigarette fissando la famosa *mun-*

tagna finché la mente non s'era schiarita abbastanza da farla salire in macchina senza temere di non uscirne viva.

Mise in carica il cellulare, che durante la notte s'era spento, e lo accese. Un fiume di messaggi comparve sullo schermo. Uno, preoccupato, era di sua madre. Tra l'aperitivo di Giuli, la telefonata di Spanò e l'epilogo disastroso della serata, s'era scordata di mandarle la buonanotte. L'unico segno di sé che Marianna Partanna, ex vedova Guarrasi, da vent'anni signora Calderaro, pretendeva che sua figlia le desse ogni giorno. La chiamò.

Marianna rispose al secondo squillo.

– Gioia mia, non lo fare mai piú!

Il secondo messaggio importante era di Marta Bonazzoli. «Dottoressa, appena può mi chiami». Alle otto e dieci.

– Bonazzoli, che successe di cosí urgente a capo di mattina?

– Scusi, dottoressa, ma appena sono arrivata in ufficio Nunnari, che era di turno stanotte, mi ha mostrato il tracciamento del telefono di Corinna Lomonaco.

– Ma perché, già abbiamo i tracciamenti dei telefoni? – fece la Guarrasi, stupita. Aveva incaricato Spanò di chiedere al pm l'autorizzazione quella mattina. Vassalli era stato celere.

– Sono arrivati verso le otto. L'ho chiamata subito ma il suo telefono era staccato.

– S'era scaricato. Cosa volevi dirmi?

– Lo sa dove si trovava Corinna Lomonaco domenica sera alle dieci?

– Nella gelateria numero uno.

– Esatto.

Vanina rimase in silenzio. Quasi quasi le dispiaceva. Corinna Lomonaco, vai a capire perché, le aveva suscitato una simpatia istintiva. Faticava a immaginarsela con un corpo contundente in mano a sfondare la testa di suo padre. Ma le indagini non si portano avanti a colpi di istinto.

– La convochiamo? – propose Bonazzoli.

– Sto arrivando, – si limitò a risponderle Vanina.

Marta se lo fece bastare.

La sezione Reati contro la persona al completo aveva invaso l'ufficio della Guarrasi. Spanò e Bonazzoli seduti di fronte a lei, Fragapane sul divanetto accanto al balcone aperto, Nunnari in piedi in posizione marziale. L'agente Lo Faro entrò per ultimo, un bicchierino in una mano e un pacchetto nell'altra. Deferente, quasi chino, li depositò sul tavolo della dirigente e si mise in attesa. La faccia di uno convinto di aver appena fatto qualcosa di importante.

Vanina, seduta sul bordo della scrivania, si voltò e lo guardò storto. – E questi che sono, Lo Faro?

– Un caffè e una brioche, dottoressa. Mi sono accorto che stamattina non aveva portato la colazione.

– E secondo te perché non l'ho portata?

Il ragazzo esitò prima di rispondere. – Forse perché non ne ha avuto il tempo?

– O forse perché la colazione l'ho fatta al bar e non avevo motivo di portarmela appresso?

– Ah... Ma io pensavo...

– Lo Faro, – lo fermò, – ti risulta che io abbia mai chiesto a qualcuno dei miei uomini di andarmi a prendere il caffè?

– Veramente... n... no.

– Appunto. E cosa significa questo?

L'agente aveva perso il respiro. – N... non lo so.

– Te lo dico io allora: a) il compito di un agente della Mobile non è di procurare colazioni al suo dirigente, ma di coadiuvare le indagini; b) te l'ho già detto e te lo ripeto:

non esiste una categoria che mi sta sulle palle piú di quella dei lecchini. Perciò cerca di darti una regolata.

Appena dieci giorni prima l'aveva lavato dalla testa ai piedi dopo esserselo trovato al palo sulle scale, pronto a toglierle di mano la borsa. Venti giorni prima gli aveva dovuto spiegare che era capace di chiamare l'ascensore da sola. E un mese prima aveva dovuto fare presente che non gradiva trovare i pinguini nel suo ufficio quando arrivava, perché un deficiente le accendeva l'aria condizionata a palla con un'ora di anticipo.

– Allora, picciotti, – si rivolse alla squadra, – facciamo il punto della situazione. Corinna, che a quanto si evince dai documenti stava per essere disconosciuta dal padre, domenica sera si trovava nella gelateria dove Lomonaco è stato ammazzato. Ieri Calí mi ha confermato che la morte è avvenuta tra le dieci e le undici. Non piú tardi –. Gli erano bastati cinque minuti tra una sbevazzata e l'altra per confermarle tutto quello che aveva già ipotizzato la notte dell'omicidio. Né piú e né meno.

– Perciò la figlia ora diventa l'indiziata numero uno, – desunse Spanò. Pure lui, chissà perché, poco convinto.

Fragapane alzò la mano. – Comunque, dottoressa, qualche cosa di strano nella contabilità dell'azienda io lo trovai.

– Strano in che senso?

Prese la carpetta che teneva sulle ginocchia, la aprí e passò un foglio alla Guarrasi.

– Taliasse ddocu. Mi segnai entrate, uscite, versamenti e fatture e rifeci i conti. Non tornano.

Vanina lesse velocemente il lavoro certosino di Fragapane. Il vicesovrintendente aveva ragione. – Corinna fa la cresta, – concluse abbassando il foglio.

Marta allungò una mano per prenderlo. Lo lesse in condivisione con Spanò.

– Magari era Lomonaco a fare la cresta, che ne sappiamo? – Si fermò, ragionò. – Però se cosí fosse stato la figlia se ne sarebbe accorta.

– E ce l'avrebbe detto? – obiettò Vanina. – A questo punto non penso proprio –. Niente: meglio fare pace col suo istinto che stavolta sembrava aver preso una cantonata.

– Come ci muoviamo? – chiese Marta.

– Tu e io pigliamo una moto e ce ne andiamo a casa dei Lomonaco a farci una chiacchierata con Corinna e con la madre. Spanò, lei invece va da Vassalli e si fa dare l'autorizzazione a controllare i conti bancari di Lomonaco e dei figli. Lo chiamo io e lo avverto.

– Non penso che le creerà problemi, – disse Spanò, con un mezzo sorrisino.

– In effetti, con i tracciamenti dei telefoni è stato celere.

– Ca certo. Non gli pareva vero che ci fosse un sospettato. Anzi, stiamo attenti che se troviamo qualche indizio serio e minimamente concordante, Corinna Lomonaco finisce in galera senza manco diritto di replica –. Guardò il vicequestore, che gli rispose con gli occhi. S'erano capiti.

Bonazzoli li fissò confusa. – Perché il pm dovrebbe voler incastrare subito Corinna?

6.

La comparsa, non preannunciata, del vicequestore Guarrasi e dell'ispettore Bonazzoli sorprese la platea presente nel salotto di casa Lomonaco. Divani bianchi, dettagli beige, parquet chiaro. Per come si presentava pareva opera del medesimo architetto che aveva curato la gelateria numero quattro. Unica macchia scura in tanto candore la signora Maria, se possibile ancora piú ingramagliata del giorno prima.

Corinna si alzò subito e andò verso le poliziotte. – Accomodatevi.

Vanina non si mosse dalla porta. – Grazie, no. Abbiamo bisogno di scambiare due parole con lei e con sua madre –. Guardò verso il centro del salotto, dove all'improvviso non volava piú una mosca. I divani erano occupati da Maria e da altre quattro persone, tre donne e un uomo.

– Tutte e due insieme? Sa, ci sono i nostri amici... – Gli occhi di Corinna cercarono la madre.

– Non necessariamente, – specificò Vanina.

Maria si alzò, fece cenno alla figlia di sedersi al suo posto.

– Venga con me, dottoressa.

Le precedette lungo un corridoio fino ad arrivare in un disimpegno separato dal resto della casa da una porta. In un attimo, a Vanina parve di essere stata sbalzata indietro di trent'anni. Carta da parati fiorata sul verdino, mobili laccati, pavimenti piastrellati. Maria aprí una seconda porta ed entrò in uno studio il cui stile era in linea con quello del disimpegno.

– Prego. Qui non ci disturberà nessuno.

Al contrario di Vanina, che evitava di guardarsi intorno, Bonazzoli non riusciva a dissimulare la sua perplessità.

– Lo so. Non sembra di essere nella stessa casa, – disse la Lomonaco, accomodandosi su una poltroncina e indicando loro l'unico divano. – Questa stanza e le due attigue sono state la prima casa in cui Agostino e io abbiamo vissuto appena sposati. Solo dopo molto tempo abbiamo acquistato gli altri appartamenti del piano. Mio marito ha preteso che restassero cosí com'erano.

L'equivalente casalingo della gelateria numero uno.

Vanina si sedette davanti a lei. – Signora Lomonaco, sapeva che suo marito aveva avviato una procedura di disconoscimento nei confronti di sua figlia?

Maria rimase interdetta. Abbassò gli occhi, li rialzò.

– Sí, lo sapevo.

– E come mai non ci ha detto nulla?

– Perché avrei dovuto dirvelo, mi scusi? Che c'entrava con la morte di Agostino?

Vanina non le rispose.

– Lei conosce il motivo di questo gesto?

Maria si corrucciò. – Di 'sta follia, vuole dire. Certo che lo conosco, – si fermò.

– Ce lo dica, allora.

– Agostino da un po' s'era fissato che Corinna non era figlia sua. Non lo so come gli era venuto in testa.

– E di chi riteneva che fosse figlia?

– Ah, non ne ho idea! – Fece un sorriso amaro. – Corinna figlia di Agostino è, dottoressa. Dubbi non ce ne sono.

– E Corinna? Come l'ha presa? – chiese Vanina.

– Corinna… – iniziò la signora. Di colpo si zittí, cambiò espressione. Fissò la Guarrasi. – Ma non è che state accusando mia figlia dell'omicidio di suo padre? – s'agitò.

– Signora Lomonaco, le ricordo che in un'indagine come questa nessuno è escluso dalla lista dei sospettabili. Nemmeno una figlia. Specie poi se ci ha nascosto un *dettaglio* simile –. Vanina appoggiò i gomiti sulle ginocchia, le si avvicinò. – A meno che Corinna non ne fosse all'oscuro.

– È cosí, – rispose subito la Lomonaco. – Corinna non sapeva nulla.

Vanina s'allontanò lentamente senza smettere di guardarla, si riappoggiò alla spalliera. Estrasse le sigarette dalla tasca e ne tirò fuori una. Chiese permesso prima di accenderla.

– Bene. Allora non avrà problemi a darci qualche spiegazione in piú su alcune incongruenze che abbiamo riscontrato, – fece un cenno a Bonazzoli. – Marta, per piacere, accompagna la signora di là e porta qui la dottoressa Lomonaco.

Maria si alzò, piú pallida della tenda ingrigita appesa dietro di lei. Marta eseguí.

Rientrò dopo due minuti.

– Che è successo a mia madre? Sembrava sconvolta, – chiese Corinna sedendosi di fronte alla Guarrasi. – Avete scoperto qualcosa sulla morte di mio padre?

– Non lo so, dottoressa Lomonaco, ce lo dica lei.

– Che vuole dire? – In quel momento il telefono che teneva in mano fece un *bip*. Corinna lo guardò di sfuggita, poi ci tornò. Lesse veloce e alzò subito gli occhi. Aveva cambiato faccia.

Vanina la fissava con un mezzo sorriso indecifrabile.

– Allora? – insisté.

– Allora… cosa?

– Non sa da dove cominciare, vero? La aiuto io: dov'era la sera in cui hanno ucciso suo padre?

– Ero a cena col mio fidanzato.

– Dove?

– In un ristorante alla Pescheria.

– Fino a che ora?

– Mah, non lo so di preciso…

– Alle dieci era ancora lí?

– Penso di sí.

– E poi, cos'ha fatto?

– Poi sono tornata a casa.

– Ne è sicura?

Corinna sembrava seduta sugli spilli.

– Sí.

– Quindi non è mai passata dalla gelateria dov'era suo padre?

– No.

– No, – ripeté la Guarrasi. Ponderò la domanda successiva nel silenzio apnoico delle due donne dentro la stanza. Marta col fiato sospeso che cercava di capire la sua strategia, e Corinna che aveva smesso di respirare e di lí a poco sarebbe diventata cianotica.

– Dottoressa Lomonaco, lei era al corrente del fatto che suo padre volesse disconoscerla?

– Co… cosa? – ansimò la donna.

– Agostino Lomonaco riteneva che lei non fosse figlia sua. Lo sapeva?

La risposta fu immediata. – No!

Vanina si rassegnò. Nonostante, per qualche assurdo meccanismo mentale, le riuscisse ancora difficile credere che Corinna fosse l'assassina di Lomonaco, la quantità di minchiate che la donna le stava raccontando aveva superato la sua capacità di sopportazione.

– Va bene, Corinna. Mi ci sta costringendo lei, – disse, alzandosi in piedi. Marta la imitò.

La Lomonaco fece lo stesso.

– A fare che? – domandò.

– A dirle esattamente come stanno le cose e a comunicarle che s'è cacciata in un guaio brutto. Molto brutto.

La donna barcollò. Rimase in silenzio.

– Primo: lei sapeva perfettamente che suo padre voleva disconoscerla.

– Ma no, io non...

Vanina la bloccò. – Non mi obblighi a levarle il telefono dalle mani e leggerle il messaggio che ha appena ricevuto da sua madre.

Corinna non reagí, atterrita dall'espressione che avevano assunto gli occhi della Guarrasi. Grigio ferro, gelidi che parevano volerla pietrificare.

– Anzi, le dico di piú: a giudicare dalle carte che suo padre conservava nella cassaforte dell'ufficio, la cosa le era stata notificata piú o meno tre, quattro giorni fa. Basta una telefonata all'avvocato che stava seguendo Agostino per averne la conferma –. La Lomonaco si sedette.

– È vero, – ammise. – Mio padre mi aveva comunicato questa... assurdità –. Alzò gli occhi. – Però mi disse pure che non ce l'aveva con me. Era una cosa che doveva fare per chiudere i conti col passato, mi disse, ma mi avrebbe sempre voluto bene e mi avrebbe trattata come una figlia ugualmente.

– E quando ne avete parlato? Domenica sera, intorno alle dieci, quando lei è andata a trovarlo nella gelateria chiusa?

– Io non sono andata nella gelateria...

Vanina le rivolse un altro mezzo sorriso, stavolta pietoso. – Corinna, se non fossi incazzata per tutte le minchiate che mi sta contando, mi farebbe quasi tenerezza per la sua sprovvedutezza –. Le lasciò un attimo, poi: – Secondo lei, quando le dico che è stata nella gelateria di suo padre, tiro a indovinare oppure ne sono sicura? Magari, che ne so, ho la posizione esatta del suo telefono quella sera?

Corinna cedette di colpo. Iniziò a piangere.

– Lo sapevo che non avrei dovuto nascondergliela! Tommaso insisteva che non avrei dovuto dirvelo, perché poi bastava un nonnulla per finire in mezzo ai sospettati –. Guardò Vanina. – Ma le giuro, dottoressa, che quando sono stata da lui mio padre era ancora vivo. E vivo l'ho lasciato.

Il pm Vassalli era in preda all'agitazione. Si alzava, si risedeva, si asciugava il sudore dalla fronte. – Perché mai dovrebbe perseverare con questa idea di convocare tutti gli avventori delle gelaterie che hanno sporto denuncia contro Lomonaco?

Vanina lo guardava perplessa. Ma vero cosí coglione era, 'sto magistrato? Meglio pigliarlo con le buone.

– Dottore, mi scusi ma non capisco cosa ci trovi di sbagliato nel sentire tutti i testimoni. Mi pare altamente probabile che tra la faccenda delle pillole e l'omicidio ci sia una connessione.

– Quale, dottoressa? Quale? – replicò Vassalli, esasperato. – Non le pare evidente che a uccidere Lomonaco sia stata la figlia? Si adoperi per cercare le prove, invece di tirare in mezzo… – si bloccò, aggiustò il tiro, – di perdere tempo a interrogare altra gente.

– Intanto Corinna Lomonaco giura di aver lasciato il padre vivo alle dieci e mezzo, e secondo quello che dice il dottore Calí l'omicidio potrebbe essere avvenuto anche dopo.

– Cosa vuole che dica un'indiziata? Che è colpevole? Avanti, dottoressa Guarrasi, proprio da lei, tanto famosa per aver catturato criminali di ogni tipo, un'osservazione simile non me l'aspetto –. Una faccia sfottente che a Vanina smosse i nervi oltre misura. Si trattenne a stento dal rispondergli male.

– Proprio perché ho arrestato criminali di ogni genere, dottor Vassalli, posso dirle con una certa sicurezza che raramente mi sbaglio. Che Corinna Lomonaco abbia ucciso suo padre è un'ipotesi plausibile, ma non mi convince per niente. Senza dimenticare che oltretutto c'è un'incongruenza grande come una casa con l'ipotesi che il medico legale ha fatto sul colpo ricevuto da Lomonaco. L'assassino ha agito con la mano destra, e Corinna Lomonaco è mancina –. Un dettaglio che, a onor del vero, a lei era sfuggito ma di cui per fortuna s'era accorta la Bonazzoli.

– E il movente? Dove lo mette il movente? Stava per essere diseredata, si rende conto? – insisté Vassalli.

– La donna sostiene che il padre non aveva un atteggiamento ostile nei suoi confronti, ma che ce l'aveva con la madre. Pur disconoscendola non intendeva diseredarla. E la madre ha confermato questa versione. Sentirà lei stesso quando le interrogherà –. Agostino s'era fissato con vecchie gelosie, che non stavano né in cielo né in terra, aveva detto Maria, quando l'avevano riascoltata. Metteva in mezzo Corinna solo per colpire lei con piú forza, ma non sarebbe mai andato fino in fondo.

– Vedremo. Su questo ascolterei l'avvocato della vittima, che di sicuro ha una versione piú imparziale della cosa –. Pareva aver concluso, invece riprese inesorabile. – E comunque, non dimentichiamo che c'è la questione della contabilità alterata. Anche in questo caso la cosa è imputabile alla figlia. E potrebbe costituire un altro possibile movente. E se il padre l'avesse scoperta?

Avrebbe tirato fuori qualunque argomento pur di evitare che la Guarrasi convocasse alcuni dei clienti che quella domenica mattina s'erano trovati le capsule nel gelato. Erano giusto due o tre i pezzi grossi che non andavano disturbati, ma siccome Vassalli aveva capito molto bene che per una come Vanina nomi e posizioni non facevano nessuna differenza, bisognava evitare che le convocazioni partissero per tutti e venti i querelanti.

– La Lomonaco garantisce di avere nel suo Pc personale gli originali dei libri contabili delle gelaterie, e che finché li ha avuti sotto controllo lei non c'era nulla di alterato.

– E questo Pc dove si trova? In mano alla Lomonaco che cosí può sistemare tutto? Dottoressa, ma lei veramente mi delude!

Vanina fece uno sforzo disumano per non inferocirsi. Quella testa di minchia stava superando il limite.

– Si trova in mano al sovrintendente Domenico Nunnari, che di certo a quest'ora sta già stampando tutti i documenti. A breve glieli farò avere, insieme ai verbali delle conversazioni che da domani mattina avrò con ognuno dei presunti avvelenati.

Il corridoio della procura le stava sembrando infinito. Quando finalmente si ritrovò fuori dal Palazzo di Giustizia, in un angolo tranquillo del piazzale posteriore, Vanina non si trattenne piú.

– Testa di cazzo, – sbraitò a bassa voce, tra sé e sé, mentre si accendeva una sigaretta con gesti rabbiosi, – negghia fitusa, ma con chi credi di parlare? – Sferrò un calcio a una lattina che si trovò davanti ai piedi e andò avanti fumando a testa china, finché non sbatté contro qualcuno.

– Oh, mi scusi, – disse, facendosi da parte.

La donna con cui s'era scontrata la fissò come si fissa un teppista.

– Per cosa, per avermi tirato una lattina in testa o per

essermi arrivata addosso con tanta foga? – Capello corto color rame, fisico minuto, occhio intelligente. La borsa di cuoio straripante e i due carabinieri alle calcagna lasciavano pochi dubbi sul ruolo che doveva ricoprire all'interno del palazzo.

Vanina si sentí un'idiota.

– Santo Dio, mi dispiace. Mi creda, ero convinta che non ci fosse nessuno in questo spiazzo.

– Ah, e siccome non c'era nessuno si è sentita autorizzata a calciare lattine e correre come una forsennata senza guardarsi intorno?

Vanina non trovò argomenti in sua discolpa.

– Vicequestore Giovanna Guarrasi, – si limitò a presentarsi.

La donna continuò a fissarla, ma l'espressione cambiò.

– Allora l'avevo riconosciuta per davvero. Pensi che ero sicura di essermi sbagliata. Sa, tra il calcio e il turpiloquio.

Santa Rosalia, pure quello aveva sentito!

– Sostituto procuratore Eliana Recupero, Dda.

Quando Vanina rientrò in ufficio s'erano fatte le otto di sera. La Recupero l'aveva cooptata per un tè, cui non aveva potuto dire di no nonostante fossero le sei e mezzo e un carico di teina per lei avrebbe significato la seconda notte insonne. Su suggerimento della pm aveva scelto una tisana al tiglio, che odorava piú o meno come le brodaglie che la Bonazzoli ingurgitava ogni mattina con le sue colazioni vegane. Un intruglio che aveva ottenuto l'effetto micidiale di farle piombare addosso tutta la stanchezza delle quasi trentasei ore di veglia che si portava sul groppone. In piú le aveva fatto venire una fame che, se non si fosse vergognata, avrebbe ripulito volentieri la vetrinetta della rosticceria. Erano andate avanti a conversare per piú di un'ora. Al momento dei saluti entrambe erano sicure che si sarebbero rincontrate presto.

Il silenzio del corridoio della Mobile amplificava il rumore dei suoi passi.

Spanò le andò incontro. – Dottoressa, la aspettavo.

– Ispettore, sono qui solo per recuperare la mia borsa e me ne sto salendo di corsa a Santo Stefano. Che mi voleva dire?

– Volevo aggiornarla sulle indagini.

– Cose importanti? Perché se non mangio e non dormo entro un'ora rischio di collassare.

L'ispettore rifletté prima di rispondere.

– Abbastanza.

Vanina si fermò sulla soglia. Nella stanza di Macchia, di fronte alla sua, la luce era accesa, segno che era ancora in ufficio. Considerato che i suoi uomini avevano già iniziato a convocare gli avvelenati per l'indomani mattina, partendo – su sua specifica richiesta – proprio dai pezzi grossi, il rischio che il Grande Capo avesse qualcosa da raccontarle era alto. Aveva pochi minuti per prendere una decisione.

Entrò, afferrò la sua roba, si riaggiustò per bene la fondina, che dopo la performance al Palazzo di Giustizia pendeva tutta da un lato, e ripartí verso l'uscita.

– Amuní, Spanò, mi accompagni da *Nino*.

Il ristoratore non si aspettava di vederla. La accolse con un inchino piú solenne del solito. Da Spanò invece, con cui era in confidenza da una trentina d'anni, pretese un abbraccio. Troppi giorni erano, che non passava di lí. L'ispettore preferí non confessargli che s'era messo a dieta, sapeva che dirglielo non sarebbe servito a niente. Nino gli avrebbe portato ugualmente tutto quello che voleva fargli assaggiare.

A quell'ora la trattoria non era ancora piena. Il tavolo d'angolo, quello isolato che Vanina prediligeva, era disponibile. Si sedettero e ordinarono, mentre un ragazzo depositava sul tavolo una ciotola di olive alla stimpirata che al vicequestore piacevano assai. E un cestino di pane casereccio di quelli giusti. Siccome nessuno dei due mostrava intenzione di avvicinarsi al buffet degli antipasti, Nino pensò bene di portare un piattuzzo di ogni cosa, cosí, tanto per gradire. Parmigiana, zucchine gratinate, fagiolini con le patate.

Vanina si rasserenò.

– Oh, ora possiamo iniziare a ragionare. Forza, ispettore, mi conti tutto.

Spanò si asciugò i baffoni e le si avvicinò per parlare piano.

– Allora, dottoressa, Nunnari e Lo Faro passarono un pomeriggio sano sul computer della figlia di Agostino. La carusa aveva ragione: i documenti contabili che ha lei non presentano nessuna anomalia. Fragapane si rifece i conti basandosi su quelli, e torna tutto.

– Perciò a sottrarre soldi non può essere stata lei.

– No, – fece l'ispettore con soddisfazione. Continuavano a non dirselo, ma entrambi sapevano di condividere l'idea che Corinna fosse innocente.

– Quindi i conti li alterava Lomonaco.

– Accussí sembrerebbe. E questo lascia pensare che qualche pagamento extra, del tipo che si può fare solo in contanti, doveva esserci. Macari dagli estratti conto bancari si potrebbe immaginare qualcosa di simile. Non so se mi spiego.

– Si spiega benissimo, ispettore. Domani mattina si coordini con qualcuno della sezione Criminalità organizzata e cerchi di capire chi gestisce il racket in quella zona.

La sola idea di occuparsene le faceva venire il voltastomaco, anche se era consapevole che, semmai fosse venuta fuori una pista del genere, le sarebbe toccato infilarcisi con tutte le scarpe. Del resto, la possibilità di trovarsi la pista mafiosa tra i piedi pur occupandosi di omicidi «comuni» era sempre da mettere in conto. Lo era a Milano, figurarsi a Catania. E da una come lei, con il curriculum che si portava appresso, se mai si fosse presentata una simile circostanza, tutti si sarebbero aspettati di sicuro grande operatività. Fino a quel momento le era andata bene, ma non poteva sperare di sfangarla sempre.

Nino portò a Vanina i rigatoni alla Norma e a Spanò le polpette. Piú un paio di assaggini che pretese di aggiungere alla comanda: la caponata, che come mai stavolta non l'avevano ordinata, una «forchettata» di pasta coi masculini e un'altra di spaghetti al nero di seppia, che insieme facevano due etti di pasta come minimo. Il vino, su loro richiesta, l'aveva scelto lui.

Dopo un'iniziale resistenza, i due poliziotti accettarono tutto quello che aveva portato. – Altro mi doveva dire? – chiese Vanina. Per come lo vedeva bere, temeva che Spanò a fine cena non fosse piú in grado di raccontarle niente.

– Ah, sí! Mizzica, me lo stavo scordando.

Ecco.

– Salvatore e io rivoltammo da cima a fondo prima la stanza di Corinna Lomonaco a casa e poi il suo ufficio. Non trovammo niente di importante. L'unica cosa, in uno stipetto c'erano dei farmaci che la carusa utilizza. Cose babbe tipo vitamine, valeriana, una scatola di pillole per il mal di testa. Mandammo tutto alla Scientifica, tanto per levarci qualsiasi dubbio. Sa com'è, visto che abbiamo sempre ipotizzato che l'omicidio fosse collegato con la faccenda delle capsule nel gelato...

– Avete fatto bene, Spanò.

L'ispettore trasse un sospiro di sollievo.

– C'è altro? – chiese Vanina, con la forchetta già in mano.

– No, questo è quanto.

Come volle il cielo, si buttarono tutti e due sui piatti. A capofitto.

7.

Tra tisane al tiglio e bicchieri di vino, a stento Vanina era arrivata a Santo Stefano senza finire contro un muretto. In stato di semicoscienza era riuscita a superare indenne l'area del giardino dove di solito transitava Bettina e a infilarsi in casa. Era crollata a faccia in giú sul letto cosí com'era, fondina compresa. Dopo un paio d'ore, svegliata da una costola che era lí lí per cedere sotto l'insulto continuo della pistola, s'era liberata di quello che aveva addosso e s'era risistemata nella medesima posizione in cui il sonno piombigno l'aveva colta. Come succedeva puntualmente ogni volta che le capitava di addormentarsi troppo presto, alle sei aveva aperto gli occhi e non c'era stato verso di richiuderli. Alla fine aveva ceduto e s'era alzata. Con tutta calma aveva preparato il caffè, con altrettanta calma s'era arricriata con una doccia lunga e completa di shampoo, aveva asciugato i capelli a testa in giú, che tanto come li giravi giravi sempre dritti restavano, e s'era diretta senza indugio al bar *Santo Stefano*.

Alle otto e venti, fresca che pareva rinata nonostante il termometro dell'auto segnasse già 31 gradi, la Guarrasi si presentò nell'ufficio del primo dirigente Tito Macchia, che l'aveva convocata con un messaggio.

– Guarra', sono commosso. Addirittura dieci minuti in anticipo. Che t'è successo?

– E che ti devo dire. Ogni tanto mi capita di cascare dal letto.

– Pensa, a me invece stamattina era venuta perfino l'idea di concedermi una mezz'ora di ritardo. Ma a buttarmi giú dal letto alle sette ci pensò il vicesovrintendente Fragapane.

– Fragapane? E che voleva? – si stupí Vanina.

– Comunicarmi che in dieci minuti aveva risposto a sei telefonate per me, tutte accomunate da due caratteristiche. La prima era l'urgenza, pure un poco nervosa. L'altra... che dici, la indovini tu?

– Aver ricevuto una convocazione nel mio ufficio per stamattina.

– Brava, Guarrasi.

Vanina se la rise, tra sé e sé ma neanche poi tanto.

– Vabbe', tu t'eri preparato, no?

Tito la guardò storto.

– A tutto. Anche perché ti pare che i signori, appurata la mia indisponibilità a favorirli, si sono fermati lí?

– Per carità, mai sia!

– E infatti sono andati a squietare il questore.

– Che a sua volta ha chiamato te.

– Ovvio –. Macchia si rigirò il sigaro tra i denti.

– Che ti disse?

– Voleva sapere il motivo della convocazione. E naturalmente ha approvato.

Vanina roteò la mano in segno di «grandi cose».

– Mii, perciò pure la benedizione del questore in persona abbiamo.

– Guarra', vedi di non fare troppo la spiritosa, e cerca di scovare qualche indizio concreto. Novità?

Vanina gli raccontò le ultime della sera prima.

– Speriamo che non si tratti veramente di un omicidio

legato al mondo del racket, sennò la risolviamo tra un anno, – commentò Macchia.

– Cosí scafati sono i galoppini della mafia catanese?

– Piú o meno quanto quelli della mafia palermitana, Guarra'. Tu sei mai riuscita a stanarli senza una denuncia e, soprattutto, senza la collaborazione della vittima?

– Il metodo si trova sempre.

– Certo. In mesi di lavoro, che poi si incrocia immancabilmente con le altre indagini che portiamo avanti, o con quelle dei Carabinieri, o della Dia. Un casino senza fine –. Guardò il sigaro che aveva preso in mano. – A meno che… – si fermò.

– A meno che?

– A meno che il vicequestore Guarrasi non decida di dedicarcisi a tempo pieno e si trasferisca a dirigere la sezione Criminalità organizzata, – sparò a bruciapelo.

Vanina inghiottí a vuoto, s'irrigidí.

– Guarra', mi stai fissando come se t'avessi insultata. Vedi che ti stavo proponendo una posizione piú prestigiosa.

Vanina si alzò. – Grazie, ma la mia posizione per il momento mi va bene cosí com'è –. Spostò la sedia. – E comunque a capo della Sco c'è Giustolisi, che è il tuo vice ed è pure piú anziano di me, perciò gli tocca di diritto. Ora, col tuo permesso, vado a sentire i convocati.

Lo lasciò perplesso, a corto di repliche.

Vanina spalancò il balcone del suo ufficio e si accese una sigaretta. Si sedette alla scrivania, aprí il cassettino e tirò fuori due cioccolatini fondenti. S'erano rammolliti col caldo, ma meglio di niente erano. Aspirò una boccata di fumo come se stesse prendendo un respiro. Non ci poteva credere: manco due mesi erano passati e già il temuto meccanismo che avrebbe potuto un giorno riportarla, suo malgrado, a occuparsi di criminalità organizzata s'era messo in moto. Avanzamenti di ruolo, promozioni, magari pure un eventuale trasferimento a Palermo. Cosa che solo a pensarci le toglieva l'aria.

Cercò di razionalizzare. Un ulteriore avanzamento non poteva essere cosí ravvicinato, perciò pericolo imminente non ce n'era. Quello che poteva capitare, di lí a breve, era che il primo dirigente Macchia, di concerto con i vertici del Servizio centrale operativo, le proponesse ufficialmente di passare a dirigere la sezione Criminalità organizzata di Catania. Proposta che lei, però, poteva sempre rifiutare con cento motivazioni, tra cui quella di voler evitare una guerra con Giustolisi che di certo non l'avrebbe presa bene. In conclusione: per il momento poteva stare abbastanza tranquilla.

Presa dai pensieri non s'era accorta che Spanò era entrato nella stanza e la guardava incerto.

– Dottoressa?

A forza di dondolarsi, se n'era calata sempre piú in basso sulla poltroncina.

– Oh, Spanò –. Si raddrizzò, imbarazzata.

– Scusi, trovai la porta socchiusa.

– Non si preoccupi. S'accomodi.

– Intanto volevo dirle che sono arrivati i primi due presunti avvelenati. Nunnari li sta accompagnando nella saletta d'attesa, quando vuole li facciamo salire. Poi porto un poco di notizie fresche fresche su Agostino Lomonaco.

– Fresche fresche di quando, ispettore, che ci siamo visti fino a ieri sera?

– Cosa di stamattina fu. Mi incontrai con Pinuzzo, il cognato piú anziano di mia sorella, che tanti anni fa lavorò come picciotto appresso ad Aurelio Lomonaco, il padre di Agostino.

– Quello che vendeva i gelati strada strada?

– Sissignore. Pare che Agostino già allora snobbasse in modo palese il mestiere di ambulante, e che ad Aurelio 'sta cosa non andasse giú. Il lavoro dà dignità all'uomo, gli diceva, macari se è un lavoro umile.

– Aveva ragione, Lomonaco senior.

– Certo. Ma Agostino un re voleva diventare.

– E bisogna ammettere che lo diventò. Che le disse, perciò, 'sto cugino di sua sorella?

Spanò scoppiò a ridere. – Cognato, dottoressa! Se era cugino era pure cugino mio.

– Vero è. Mi scusi –. Ogni giorno Spanò menzionava un parente nuovo. – Che altro le disse il cognato di sua sorella?

– Mi diede informazioni interessanti sul passato dei Lomonaco –. L'ispettore si fermò. – Me l'aveva chiesto lei di indagare un poco sul passato di Agostino. Si ricorda?

– Certo che me lo ricordo –. Era una cosa che aveva imparato negli ultimi anni, quando s'era trovata, per propria scelta, a occuparsi di omicidi «comuni», all'apparenza privi di movente. Nei reati di mafia il movente era quasi sempre presumibile, e l'ambiente in cui andare a cercare i criminali piú o meno circoscritto. Ampio, certo, viscido da pigliare scivoloni memorabili, ma comunque circoscritto. Vittime e carnefici si scambiavano i ruoli di continuo. Nel caso in cui l'ammazzato o l'ammazzata erano persone «normali», invece, le indagini potevano prendere qualunque direzione. Sul principio le pareva di girare in tondo senza concludere niente. Capire da dove veniva e che vita aveva fatto la vittima aiutava a inquadrarla meglio. O almeno, cosí funzionava per lei.

Spanò riprese a riferire. – Pinuzzo mi raccontò che Aurelio Lomonaco non lavorava da solo. Era in società con Ruggero Cammarata –. Fece una pausa, come se quella rivelazione fosse dirimente. Ma la Guarrasi non ebbe alcuna reazione. – Ha presente, dottoressa?

– Cosa dovrei avere presente?

– Cammarata. Il gelataio del carretto vicino all'ingresso della Villa Bellini. L'unico che fa i gelati come si facevano una volta. A Catania lo conoscono tutti.

Vanina sospirò. – E io che sono, di Catania?

– Ragione ha, mi perdoni, – si scusò Spanò. – Comunque, Lomonaco i gelati li produceva assieme a Cammarata, me lo confermò una persona attendibilissima che interpellai dopo.

– Una persona che interpellò *dopo*? Ma dopo quando, ispettore? – Vanina guardò l'orologio: le nove e un quarto.

– Subito dopo. Per capire meglio le cose, che Pinuzzo fino a un certo punto arrivava, poi non sapeva piú niente. Mi pigliai un caffè con questa persona e mi feci contare il resto.

– Ma di questo Cammarata nell'attività dei Lomonaco non c'è traccia, – obiettò la Guarrasi.

– Certo, perché quando Aurelio morí Agostino rivoluzionò del tutto l'attività.

– E con Cammarata come finí?

– La persona con cui parlai mi contò che Agostino lo lasciò in tredici, per giunta senza manco risarcirlo del danno che gli fece vendendosi il camioncino di so' patri che serviva a tutti e due. Ma la cosa piú grave è che spacciò come proprie le ricette dei gelati che invece erano opera di Ruggero Cammarata.

Vanina si accese un'altra sigaretta, il racconto si stava facendo avvincente.

– E questo Cammarata niente disse, che era stato trattato cosí male?

– Altro che niente! Quello voleva conto e ragione, gli fece macari causa. Ma Agostino riuscí a dimostrare che la società non era alla pari, che suo papà ci aveva messo di piú, e con un buon avvocato e qualche spicciolo se ne uscí.

– Un buon avvocato? Qualche spicciolo? Ma se Lomonaco non aveva una lira, quando si mise in proprio.

– All'inizio. Ma lei lo sa quanto dura una causa di questo tipo, dottoressa. La faccenda si concluse dopo sei anni, e nel frattempo l'attività di Agostino era partita alla grande.

– Quindi un nemico Lomonaco ce l'aveva, – concluse Vanina.

– Sí. Anche se francamente 'st'inimicizia mi pare un poco troppo lontana nel tempo per entrarci con la faccenda delle pillole e con l'omicidio.

– Lei sa per certo che non ci sono stati strascichi? Magari altre cause che non si sono mai concluse, o che sono ancora aperte. O prescritte.

– No, nessun'altra causa. Ruggero capí che non poteva farcela e lasciò perdere. Pure lui nel frattempo s'era messo in proprio col carretto, e le cose gli andavano bene. Però lo sa come dice Fragapane? Megghiu 'na taliata in piú che una in meno. Controllare non costa niente.

Vanina concordava.

– Spanò, mi levi una curiosità: come fa a essere ancora vivo e in attività uno che era socio del padre di Agostino? Aurelio morí una trentina d'anni fa, se non sbaglio.

– Vero è, Aurelio morí trent'anni fa, ma quando lo pigghiò il colpo apoplettico manco sessantino era. E Ruggero era cchiú nico almeno di chinnici anni se non di piú. Quasi quasi come età s'avvicinava piú ad Agostino che a so' papà.

– Ho capito –. Vanina si girò verso destra e verso sinistra con la poltroncina. I gomiti sui braccioli, le mani intrecciate.

– Come dobbiamo muoverci, dottoressa? – chiese Spanò.

La Guarrasi si bloccò.

– E come vuole muoversi? Piú tardi andiamo a parlare con questo Cammarata, e cerchiamo di capire se i rapporti con Lomonaco s'erano interrotti per davvero. Ora lei se ne va al secondo piano a parlare con quelli dell'Antiracket, e con quelli della sezione Criminalità organizzata. Vediamo se hanno informazioni sulle estorsioni che Lomonaco potrebbe aver subito, o su eventuali connivenze con la mafia. Sa com'è, mai dare per scontato nulla.

– Ci vado subito, dottoressa.

– Noi invece facciamo salire gli avvelenati, che già non erano contenti della convocazione, se poi li lasciamo a cuocere nella sala d'attesa, capace che vanno a protestare col presidente della Repubblica in persona.

Se li divisero, sei per ciascuno, Nunnari, Bonazzoli e Fragapane. I due piú camurriusi, quelli che avevano disturbato i vertici e rotto le scatole a Macchia a capo di mattina, pretesero di essere sentiti dalla Guarrasi.

Per quieto vivere, Vanina resisté alla tentazione di spedirli dritti dritti da Lo Faro.

– Smise di piovere e decidemmo di scendercene a Catania, che sicuramente c'era meno fresco –. Manco a dirlo, l'onorevole che Vanina ricevette per primo in quel periodo era allocato nella casa di montagna. – Ce ne andammo dal Re del gelato, ordinammo tre coppe. Dopo una cucchiaiata mi ritrovai in bocca una pillola. Subito dissi alla bambina e a mia moglie di non toccare niente, ma già la bambina aveva iniziato. Lei si rende conto, vicequestore Guarrasi? Mia figlia ha rischiato un avvelenamento! Chissà cosa c'era in quelle capsule. Droghe magari.

Sporta denuncia, se n'erano tornati a Tarderia, dov'erano rimasti fino al giorno successivo, di nuovo bloccati dal diluvio.

Simile se non identico fu il racconto del secondo scassapalle, con la differenza che la casa in montagna era a Pedara e non a Tarderia, e che dal Re del gelato c'era andato con un'amica. La quale signora, appena aveva capito di aver ingoiato una pillola di dubbia provenienza, s'era fatta venire uno stinnicchio in piena regola, con perdita di sensi, che aveva corroborato l'ipotesi dell'avvelenamento. Al pronto soccorso dell'ospedale Garibaldi le avevano praticato una lavanda gastrica e l'avevano tenuta in osservazione per un giorno e una notte. Lui, per non sapere né leggere né scrivere, se n'era tornato a casa e da lí non s'era piú mosso.

La sezione al completo, fatta eccezione per Spanò, era riunita nell'ufficio della Guarrasi, che s'era seduta sulla scrivania.

– Non credo ci sia nessuna correlazione tra le persone che ho sentito e la morte di Lomonaco, – disse Marta. – Tutti all'ora del delitto erano o fuori con amici, o in casa in compagnia di qualcuno che può testimoniare.

Nunnari e Fragapane concordarono.

– Dottoressa, io invece una cosa interessante da segnalarle ce l'ho, – fece il sovrintendente, come al solito in completo mimetico. Le passò un foglio con i tabulati telefonici su cui Vanina notò un numero evidenziato piú volte.

– Di chi è questo numero?

– Di Ruggero Cammarata.

In quel momento ricomparve Spanò. Vanina gli fece segno di sedersi.

– Perciò i rapporti tra i due non s'erano interrotti dopo la causa andata male –. Mostrò il foglio all'ispettore capo, che si stupí.

– Strano. La persona con cui parlai era sicura che i due non avessero contatti per lo meno da una ventina d'anni.

– Evidentemente questa persona è male informata.

Spanò fece la faccia dubbiosa.

– Non penso proprio, dottoressa. Se non lo sapeva significa che Cammarata non gliel'aveva raccontato. E non è un buon segno.

A Vanina sarebbe piaciuto capire chi diavolo fosse questa «persona» cosí attendibile per Spanò.

– A questo punto, indagare su Cammarata diventa prioritario. Chiedo a Vassalli l'autorizzazione a tracciare i movimenti del suo telefono. Fragapane, lei invece raccolga notizie sulla causa che Cammarata perse con Lomonaco nel...? – Guardò Spanò.

– Nell'87, – rispose l'ispettore.

– Nunnari, appena arriva l'autorizzazione del pm tu cominci a tracciare gli spostamenti di Cammarata. Nel frattempo Spanò e io andiamo a sentirlo di persona –. Controllò l'orologio. – Prima però mettiamo qualche cosa nello stomaco, che se no io non carburo.

Uscirono tutti tranne Bonazzoli.

– Io che faccio, dottoressa?

Vanina la guardò. Quieta, composta. In quel momento pareva perfino sicura di sé. Le piaceva quella picciotta. Nonostante le dividessero immense differenze caratteriali e culturali-gastronomiche, non le sarebbe dispiaciuto capirla meglio.

– Tu, innanzitutto, la finisci di darmi del lei.

Marta s'imbarazzò. – Grazie.

– Premio speciale per essere l'unica donna della squadra –. Ci pensò. – Vabbe', della sezione. Al piano di sopra un paio di colleghe le ho incrociate.

– Un'assistente capo, e un sostituto commissario, – confermò Marta. – Una è alla Narcotici e l'altra all'Antiracket. E poi?

– Poi cosa?

– Hai detto: innanzitutto smetti di darmi del lei... E poi, che devo fare?

Vanina scese dalla scrivania.

– Raccogli le tue cose e vieni con me e Spanò. Passiamo da *Nino* e piú tardi andiamo a parlare con Cammarata. Guidi tu.

Marta non replicò, ma pareva sulle spine.

– Da *Nino*, cioè alla trattoria? – chiese.

Vanina immaginò quale fosse il problema.

– Tranquilla, nel menu piatti vegani ce ne sono, – rise. – Anche se non sono consapevoli di esserlo.

– Che mi dice, Spanò? – fece Vanina, girandosi verso l'ispettore che se ne stava rannicchiato sul sedile posteriore della Cinquecento. Bonazzoli aveva trovato un miniposto proprio davanti a *Nino* e stava tentando di infilarci l'auto di servizio.

– Picca e nenti, al momento, dottoressa... Accura, Bonazzoli! – si distrasse, preoccupato dai *bip* continui dei sensori di parcheggio. Marta rispose con un cenno, come a dire si fidi.

– Allora, Spanò? – lo recuperò Vanina.

– Ah, sí. Perciò: a quelli dell'Antiracket non risulta manco per sentito dire che Lomonaco fosse vittima di estorsioni. Quelli della Sco non hanno mai incrociato il suo nome in nessuna delle loro indagini. Però pare che la famiglia mafiosa che gestisce le estorsioni di recente sia stata bersaglio di un'operazione dei Carabinieri, che ne hanno arrestata mezza. E ora stanno indagando su tutte le vittime, risapute e sospette. Dicono che ci possiamo coordinare, se il pm della Dda titolare dell'operazione concorda.

– Chi è questo pm?

– La dottoressa Eliana Recupero.

Vanina non nascose che la cosa non le dispiaceva per niente.

– Che vuol dire «meglio non parlarne per telefono», dottoressa Guarrasi?

Il pm Vassalli non aveva fatto in tempo a godersi il sollievo per aver archiviato la questione dei colloqui e aver appreso che c'era una nuova pista, che la Guarrasi già lo stava stroncando annunciandogli novità che nel primo pomeriggio gli avrebbe riferito di persona in procura.

– Vuol dire che non è il caso, dottore, mi ascolti. Se intanto potesse darci l'autorizzazione a mettere sotto controllo il telefono di Ruggero Cammarata risparmieremmo tempo.

Sfondò una porta aperta: una pista «innocua» come quella era musica per le orecchie del magistrato.

– Per questo provvedo subito. Però non capisco davvero che altre novità possano esserci, cosí importanti poi...

– Meglio se ne discutiamo in procura, dottore. Parlo con Cammarata e sono da lei –. Per finire, con una botta di sadismo di cui lei stessa si stupí, lo colpí e lo affondò. – Avverto anche la pm Recupero. Piú tardi capirà il perché.

Il magistrato non proferí parola. La salutò con un filo di voce.

8.

Il carretto di Cammarata era una specie di installazione permanente all'ingresso di Villa Bellini. A distribuire coni gelato alla coda di avventori che affollava il marciapiede ci pensava Ruggero in persona. Una settantina d'anni, ognuno dei quali pareva aver lasciato un segno indelebile. Cappellino da basket sul cranio rasato, fisico di una magrezza impressionante, viso scavato. Un aspetto tutt'altro che salutivo.

Accanto a lui, alla cassa, stava un uomo sui trentacinque, tatuato che pareva avesse una maglietta con le maniche lunghe e palestrato all'inverosimile.

– Carmine Cammarata, – si presentò, quando i tre poliziotti s'avvicinarono al carretto e la Guarrasi tirò fuori il tesserino.

– Squadra Mobile. Il signor Ruggero Cammarata è suo padre? – chiese Vanina.

– Sí, – rispose l'uomo, preoccupato. Pure un picciriddo sa che quando si scomoda la Mobile si tratta di cose grosse. E di solito non piacevoli.

– Avremmo bisogno di scambiare due parole con lui.

Carmine aspettò che il padre finisse di servire un cliente e prese il suo posto. Nel frattempo alla cassa s'era piazzata una ragazza.

L'uomo avanzò pulendosi le dita sul grembiule bianco che indossava.

Porse la mano a Vanina. – Ruggero Cammarata.

– Vicequestore Giovanna Guarrasi.

– Come posso servirla?

– Avremmo bisogno di farle qualche domanda.

Ruggero tossí e indicò uno slargo sul marciapiede dov'erano impilate delle sedie.

– Se non vi dispiace preferirei sedermi.

Si accomodarono lontano dalla fila degli avventori.

– Si tratta di Agostino Lomonaco, vero? – disse Cammarata, continuando a tossire.

– Sí, – confermò Vanina.

– Che volete sapere?

– In che rapporti eravate lei e Lomonaco?

Ruggero fece una smorfia. – In che rapporti dovevamo essere, mi scusi? A stento ci rivolgevamo la parola. E non mi dicisse che non lo sapeva, perché non ci credo.

– Certo che lo sapevo. Altrimenti non sarei qui, signor Cammarata.

– Meno male, accussí mi posso risparmiare il racconto, che parrari col poco fiato che ho mi viene pesante assai.

– Quand'è stata l'ultima volta che lo ha incontrato? – domandò Vanina.

– Una settimana fa, – rispose Cammarata, senza pensarci due volte. – Doppu vint'anni di silenzio.

– Come mai vi siete visti?

– Iddu fu, a cercarmi. Mi telefonò, mi chiese di vederci. Io lí per lí gli dissi che non avevamo niente da dirci, ma iddu insisteva. Alla terza telefonata cedetti. Sul principio pensai che forse la coscienza gli rimordeva, ora che non me la passo troppo bene con la salute, ma mi pentii subito, – fece un sorriso amaro, – troppo nobile per Agostino.

– E di cosa voleva parlarle?

– Di cose senza senso.

– Vale a dire?

– Vaneggiamenti da testa di minchia che era, con rispetto parlando, dottoressa. S'era fissato che sua moglie e io fossimo amanti.

Vanina rimase di stucco. Quella proprio non se l'aspettava. Le venne spontaneo osservare Cammarata, curvo davanti a lei, scosso dai colpi di tosse. Dire che reggeva l'anima con i denti sarebbe stato un eufemismo.

Ruggero la anticipò. – Lo so che sta pensando, vicequestore. Come faceva Agostino Lomonaco a credere che uno com'a mmia, con un piede nella tomba, potesse essere l'amante di Maria? – La guardava in faccia, per nulla a disagio.

– Detta in altro modo e senza menzionare tombe, piú o meno la domanda era quella, – fece Vanina.

– E pirchí non l'avissi a menzionare? Uno non si deve scantare mai delle parole, se sono veritiere. Io con un piede nella tomba ci sono veramente. Questione di poco è oramai –. Si voltò verso il figlio, che ogni tanto lanciava un'occhiata verso di loro. – Ha voglia, Carmine, a circare tutti i dottori di 'stu munnu.

– Forse Lomonaco non ne era al corrente?

– Certo che lo era. Ma non si riferiva al presente. Lui voleva sapere se Corinna era figghia mia.

Vanina cadde dal pero per la seconda volta.

– E lei che gli rispose?

– Che non poteva essere né ora e né mai. Anzi, che la certezza era assoluta.

– Perché tra lei e la signora Lomonaco non ci fu mai niente?

– Chistu lo sta dicendo lei.

– Ah. Dunque tra lei e Maria qualcosa c'era stato.

Ruggero agitò la mano all'indietro.

– Cosa di una vita fa. Prima che loro due si sposassero. Siccome Corinna nasciu presto, e a iddu non ci ha assomigliato, si fissò che era figghia mia. Di Rinu dubbi non ne poteva avere perché il caruso è preciso a lui.

– E da allora lei e Maria non vi siete piú frequentati?

– Macari chistu lo sta dicendo lei.

Vanina iniziò a spazientirsi. Tirò fuori una sigaretta e subito se la ricacciò in tasca.

– Se vuole può fumare, – disse Cammarata. – Tanto, piú di cosí i miei polmoni non si possono scassare. Sessanta al giorno arrivavo a fumarne.

La sigaretta rimase in tasca.

Il pm Vassalli pareva uscito da sotto la doccia per come grondava. La storia dei movimenti di denaro contante che Lomonaco avrebbe potuto usare per pagare il pizzo a qualche famiglia mafiosa gli aveva fatto salire la pressione oltre ogni limite. Lo sapeva lui che con una come la Guarrasi era meglio non averci a che fare. Una che aveva passato la vita a cacciare criminali di massimo calibro, figlia di un poliziotto che appresso alle storie di pizzo ci aveva lasciato la pelle, ex compagna di un pm che poteva vantare il primato di magistrato piú minacciato d'Italia, cui lei – tanto per non farsi mancare nulla – aveva addirittura salvato la vita sventando un attentato. Una cosí non si spaventava di niente.

Nell'attesa che si liberasse la Recupero, un'altra che con lei poteva fare il paio, la Guarrasi gli aveva raccontato anche la conversazione col gelataio.

– Quindi la signora Lomonaco, dopo essere stata l'amante del Cammarata, rimase sempre in rapporti amichevoli con lui? – chiese il pm.

– Non proprio. A quanto pare i due si sarebbero riavvicinati di recente. Agostino l'avrebbe scoperto e avrebbe iniziato a sospettare che non si fossero mai allontanati. E siccome il dubbio che Corinna non fosse figlia sua l'aveva sempre avuto, gli era venuta la fissazione che il vero padre fosse l'ex socio. Almeno, questo racconta Cammarata.

– E lei gli crede?

– Non ho elementi per non credergli, al momento.

– Li cerchi, santo Dio! Non vede quanto è torbida questa storia? Storie cosí sono il perfetto terreno per un crimine. E se Lomonaco avesse avuto la certezza che la figlia non era sua? Forse aveva deciso di sbugiardare la moglie e Cammarata, che una relazione potrebbero averla tuttora. E loro l'hanno fatto fuori –. Ebbe un lampo. – Magari pure d'accordo con la figlia che, non se lo dimentichi, dottoressa, è l'unica che si trovava insieme al padre all'ora in cui è stato ucciso.

Vanina arrancò appresso a quella ricostruzione.

– Che interesse poteva avere Cammarata a fare fuori Lomonaco? – chiese.

– Come, che interesse? Lomonaco era proprietario delle gelaterie piú rinomate della città, se fosse morto adesso la moglie avrebbe ereditato e si sarebbe messa in società con l'amante. Si sarebbero sistemati per tutta la vita. Se però, per vendicarsi dei tradimenti subiti, Lomonaco avesse deciso di fare testamento lasciando l'eredità al figlio maschio e dimostrando che l'altra non era figlia sua, sarebbero rimasti a bocca asciutta. Senza contare che Lomonaco la posizione se l'era costruita a scapito di Cammarata. Quell'uomo cova rancore da anni.

– Dottore, tutto questo avrebbe un senso logico se non ci fosse un dettaglio non da poco.

– Quale?

– Che Ruggero Cammarata ha un cancro in fase terminale, e di vita ormai non gliene resta abbastanza per immaginare anche solo di mettersi in società con qualcuno.

Vassalli rimase senza parole. In quel momento bussarono alla porta.

Eliana Recupero entrò con al seguito un faldone che diede al collega la mazzata finale.

Vanina s'era appena accesa una sigaretta, esausta per le due ore di remata controcorrente che le era toccato affrontare, e stava aspettando Fragapane in piazza Verga quando si sentí chiamare. Ci mise un po' a capire da quale parte venisse il richiamo, finché non vide Enrico Biancavilla – il collega neo-separato di Giuli – venirle incontro con entusiasmo. Vestito di lino color tabacco, camicia a righe bianche e azzurre, niente cravatta. Persino piú figo dell'ultima volta. La salutò con baci e abbracci.

– Vanina! Che fortuna averti incontrata. Pensa che stavo per chiamarti.

– Ah, sí? E cosa volevi dirmi?

– Ti va di accompagnarmi sabato a una serata carinissima in una villa di amici a Taormina? Una festa di fine estate che fanno ogni anno, sempre con un tema diverso –. Si lanciò nella descrizione di tutte le serate a tema che avevano organizzato negli ultimi dieci anni.

Vanina stentò a stargli dietro, ma lo ascoltò. Dopo una giornata passata a parlare di morti ammazzati, di ipotetiche estorsioni, di moventi familiari, di intercettazioni telefoniche, la banale, solare conversazione di Enrico Biancavilla pareva una boccata d'aria fresca.

– Allora, che ne dici?

– E che ne dico, Enrico. Grazie per l'invito. Purtroppo sto indagando su un omicidio, non so da qui a sabato cosa succederà.

– Dài che sabato l'avrai già risolto, – auspicò l'avvocato.

– Eh, sí! Magari.

– Vabbe', sappi che comunque sei invitata. Puoi dirmelo anche all'ultimo, – tirò fuori un sorriso di quelli che non passano inosservati. – Male che vada ritenterò. Con una cena.

Giuli doveva averla sponsorizzata bene.

L'arrivo di Fragapane a bordo dell'auto di servizio troncò la conversazione prima che Vanina potesse rispondergli. Tanto ormai aveva deciso: questione di tempo era, ma prima o poi un giro con quell'uomo se lo sarebbe fatto.

9.

– Maria Lomonaco confermò pari pari quello che ci contò Cammarata. In piú, spiegò macari il motivo del riavvicinamento, – riferí Spanò.

Nonostante l'ora tarda erano ancora tutti in ufficio, compreso Macchia, che s'era appropriato della poltrona di Vanina e stava presiedendo la riunione serale.

– E quale sarebbe 'sto motivo? – chiese.

– Circa un anno fa Maria Lomonaco capitò per caso all'ospedale di Taormina, a trovare una pirsuna, e incontrò Ruggero che era ricoverato per la prima volta. Lui le confidò che lo dovevano operare a un polmone per un tumore di chiddi brutti, ca nun si sapi come vanno a finire. A iddu non lo disse mai, ma da quel momento le pigliò un senso di colpa nei suoi confronti. Decise di rimanergli vicina. Cammarata è vedovo da tempo e non ha nessuno, a parte il figlio che però non gli è molto di aiuto.

– Commovente, non c'è dubbio. Ma in concreto abbiamo qualche prova che li escluda dalla lista dei sospettati?

Nunnari alzò la mano e s'ammutolí.

Macchia rimase in attesa.

Vanina intervenne. – Nunnari, che devi dire? – Pure lui s'imbambolava davanti al Grande Capo? Non bastava Marta, che pareva una statua di sale.

– Dalla localizzazione del cellulare di Cammarata risulta

che non si mosse da casa sua per tutta la serata di domenica, – rispose il sovrintendente.

– E la signora Lomonaco? – domandò Vanina. Già che c'era, s'era fatta autorizzare anche il tracciamento di Maria.

– Lo stesso. I due parlarono al telefono per almeno un'ora, dalle... – lesse su un foglio, – nove e quattro minuti alle dieci e dodici.

– Perciò è confermato che la signora era in casa quando il figlio è rientrato. Secondo quanto racconta Rino, era preoccupata e l'avrebbe mandato a controllare se il marito stava bene, – concluse Vanina.

Tito si dondolò sulla poltroncina, incastrato tra i due braccioli che lo stringevano ai fianchi, in meditazione. Trascinato dal cattivo esempio della Guarrasi, s'era acceso il sigaro.

– In mano non abbiamo niente. Dovremo aspettare le evoluzioni delle indagini di Eliana, – decretò, alzandosi con un'agilità sorprendente per uno della sua stazza.

Vanina non commentò, ma si capiva che era d'accordo con lui. Purtroppo, avrebbe detto volentieri. L'ultima cosa che voleva era ritrovarsi suo malgrado appresso alle indagini della Dda. Ma le piste familiari facevano acqua da tutte le parti, e altri sospetti non se ne profilavano all'orizzonte. Nemmeno la ricerca di Fragapane sulla vecchia causa tra Cammarata e Lomonaco aveva aggiunto particolari utili alle notizie che Spanò aveva già raccolto dal suo informatore misterioso.

– Buonanotte a tutti, – salutò il Grande Capo, uscendo dalla stanza della Guarrasi. Per quella sera, ormai, novità non ce ne sarebbero state.

Vanina stava per infilarsi la giacca di lino che aveva appeso alla spalliera e cui Tito aveva spianato ben bene il colletto con le sue spalle poderose, quando il telefono le squillò.

Lo recuperò dalla tasca e rispose senza leggere il numero in entrata.

– Dottoressa Guarrasi, buonasera, Pappalardo sono.

– Oh, Pappalardo. Che fu? Non mi dica che trovò il principio attivo contenuto nelle capsule! – Lo disse scherzando, e invece.

– Come lo sapeva? – fece quello, sorpreso.

Vanina si bloccò, un braccio nella manica della giacca, l'altro no.

– Ma vero lo trovò? – Le uscí il «vero» inteso alla palermitana: davvero, veramente.

– Sí, sí. M'aiutarono assai le pillole che portò Fragapane. Mi bastò confrontarle con quelle dei gelati per controllare se per caso fossero le stesse e ci azzeccai.

La Guarrasi cercò di ricordare. Le pillole portate da Fragapane alla Scientifica. Ci arrivò quasi subito. Chiuse gli occhi: porca miseria, stavolta scazzai in pieno.

– Di che capsule si tratta? – chiese, rassegnata.

– Valeriana, dottoressa. Innocua, comunissima valeriana.

Salendo verso Santo Stefano, Vanina aveva fatto mente locale su tutto quello che le mancava a casa. Il risultato era stato una corsa, inutile, alla ricerca di un supermercato aperto. Nel tentativo di intercettare un qualunque negozio di alimentari che la salvasse dalla prospettiva di una serata e una colazione senza latte, s'era spinta fino a Viagrande. E adesso se ne stava a girare torno torno per il paese, animato a quell'ora come tutti i centri della zona in estate, specialmente in quel periodo. Viagrande *muntagna* era.

Passò davanti alla piazza accanto ai giardini pubblici, nervosa e rassegnata all'idea di entrare in un bar e comprare un cartone di latte che il barista avrebbe dato per scontato servisse per un «picciriddo», e lei per evitare malefigure gliel'avrebbe lasciato credere. Sotto i portici notò un'insegna gialla illuminata. Vide un ragazzo che stava ritirando una carrettata di cassette di frutta all'interno di un negozio in cui s'intravedevano prosciutti e provoloni appesi. Inchiodò con la Mini e si catapultò fuori. Entrò insieme al ragazzo e si ritrovò in uno stanzone invaso da scaffali straripanti di pasta di ogni tipo, pareti di vini, cestoni di roba contrassegnata da cartellini identificativi scritti in siciliano. Un lungo bancone di vetro a U esibiva dalla frutta secca al pane casereccio, passando per una fornitissima zona di formaggi e salumi, e un altrettanto rappresentativo banco macelleria. Dietro il bancone un uomo con un cappello da cuoco in testa stava servendo una coppia di clienti.

– Sebastiano, cento chili addivintamu, appresso a te! – protestava la donna, masticando.

– Ca quale cento chili! Assaggiate 'sta suppizzata di suino nero, che non ve la scordate piú –. Sebastiano la infilò in due pezzi di pane e ne allungò uno all'uomo e uno alla donna. Poi ne tagliò un'altra fetta, imbottí un mini panino e si voltò verso Vanina. – Signora, l'assaggi macari lei e poi mi dice che ne pensa.

E che ne doveva pensare? Poesia pura. Pane compreso.

In dieci minuti Vanina si ritrovò sotto i denti, nell'ordine, un pezzo di caciocavallo ragusano semistagionato, un assaggio di burrata arrivata quel giorno da un fornitore pugliese, un prosciutto di Parma da standing ovation. Per trarsi dall'impaccio della decisione, comprò un po' di tutto. Compreso del latte fresco speciale di Ragusa che Stella, la sorella di Sebastiano, le aveva consigliato.

Arrivò a Santo Stefano carica di sacchetti che pareva dovesse sfamare una famiglia di dieci persone, allegra come fosse reduce da un film di Totò. Mezz'ora in quella *Putía* – cosí la chiamavano – e il malumore era andato a farsi benedire. Divise tutto con Bettina, che una volta tanto ricevette invece di dare, facendola felice con la provenienza ragusana di buona parte della roba. Ragusa era la città in cui la vicina era nata e cresciuta, prima di conoscere il marito buonanima.

Entrata in casa, Vanina si tolse i vestiti, indossò una maglietta lunga, conzò il tavolino davanti al divano grigio con tutto il ben di Dio che aveva comprato e avviò *Matrimonio all'italiana*. Domenico Soriano / Marcello Mastroianni aveva appena portato Filumena / Sophia Loren all'ippodromo di Agnano deserto quando sentí suonare il telefono.

– Spanò, – rispose, preoccupata. 'Sa che doveva essere accaduto, per cercarla alle dieci e mezzo.

– Dottoressa, mi scusi, hanno appena chiamato dalla questura centrale. È successa una disgrazia nel laboratorio di Cammarata. Una fuga di gas, probabilmente. Ci fu un'esplosione e s'incendiò tutto. Chiamarono a noi perché sapevano che stavamo indagando su Ruggero.

Vanina saltò dal divano.

– Ci sono vittime? – L'intuito suggeriva che fosse una domanda retorica.

– Purtroppo sí –. Spanò fece una pausa. – Una sola.

Non ci fu bisogno di dire chi fosse.

Arrivarono sul posto che l'incendio era già stato domato. A parte la costruzione a un piano in cui si trovava il laboratorio di Cammarata, e un paio di cespugli nello spiazzo davanti, le fiamme non avevano danneggiato altro.

– Per fortuna si trattava di una bombola, per giunta manco piena, perciò l'esplosione fu contenuta. Il resto lo combinarono le fiamme, – spiegò un vigile del fuoco, reduce dal primo sopralluogo all'interno della struttura.

– Si può entrare? – chiese Vanina.

– Teoricamente sí. Ma io glielo sconsiglio. Avrebbe difficoltà a respirare.

Pappalardo aveva avvertito che lui e gli altri della Scientifica stavano arrivando. Pure Adriano Calí era per strada.

Seduto su un muretto sgarrupato insieme a una ragazza che lo teneva abbracciato, il figlio di Ruggero Cammarata nascondeva la faccia tra le mani.

Vanina gli si avvicinò. – Carmine.

L'uomo alzò la testa, si asciugò le lacrime.

– Dottoressa Guarrasi.

– Ma che è successo?

– Non lo so. Forse il fornello con cui mio papà scioglieva il cioccolato... Era fissato che non doveva cambiarlo, anche se era vecchio e funzionava male. Diceva che se no il cioccolato non gli sarebbe venuto bene.

– Che ci faceva suo padre nel laboratorio di sera?

– Quello che faceva tutti i giorni, dottoressa. Preparava i gelati per l'indomani. Cosí non ci dovevamo svegliare alle quattro, diceva –. Carmine fece un sorriso triste. – Tanto alla fine era sempre lui a svegliarsi, e a lavorare per entrambi. Anche ora che era malato non si risparmiava. Diceva che il profumo del laboratorio gli ristorava quel residuo di polmone che gli rimaneva.

Adriano dovette aspettare che quelli della Mortuaria rimuovessero il cadavere per poterlo ispezionare. Nel laboratorio non era cosa. Non si respirava. Nel frattempo gli toccò soccorrere l'agente Lo Faro, che a forza di fare avanti e indietro come una palla pazza, interrogando i vigili del fuoco sulla dinamica dell'intervento minuto per minuto, s'era ritrovato sotto il naso la barella con il corpo carbonizzato di Cammarata. Era svenuto all'istante.

Vanina prese un respiro e infilò la testa nel laboratorio,

in apnea. Di distinguibile c'erano solo i frigoriferi. Il resto era un ammasso di macerie carbonizzate.

Uscí e si allontanò continuando a fissare la casupola.

– Che pensa, dottoressa? – chiese Spanò.

– Be', è una coincidenza un po' strana, non le pare, ispettore? Stamattina noi andiamo a interrogare Cammarata, iniziamo a indagare su di lui, e guarda caso la sera stessa un fornello che era lí da trent'anni decide di rompersi provocando un'esplosione.

– Ci crede che stavo pensando la stessa identica cosa?

– Certo che ci credo.

– E secondo lei cosa potrebbe essere successo, in realtà?

Vanina si sedette su un altro muretto sgarrupato, distante da quello di Carmine. Si accese una sigaretta, ne offrí una a Spanò, che rifiutò. Aveva smesso da poco, se avesse accettato ci sarebbe ricaduto con tutte le scarpe.

– Le possibilità sono tre, ispettore. La prima è quella che finora sembra la piú ovvia: l'incidente. La seconda è che qualcuno abbia deciso di fare fuori Cammarata prima che parlasse troppo. Il che implicherebbe che Ruggero c'entrasse qualcosa con la morte di Lomonaco. E poi c'è la terza, che purtroppo, dato lo stato in cui era Cammarata, non è un'ipotesi da scartare.

Spanò annuí.

Vanina lasciò l'ispettore di vedetta, assieme a Lo Faro ammaccato, e se ne tornò a Santo Stefano. Per come si prospettava la cosa, Pappalardo e i suoi avrebbero fatto nottata. Tanto valeva risparmiare le energie per l'indomani.

Si versò un bicchiere di latte ragusano, che era speciale per davvero, recuperò un paio di savoiardi di Bettina e andò a sedersi sul divano. Accese il maxi schermo e cercò di riprendere il film dal punto in cui l'aveva lasciato, sperando che quel rituale servisse a farle calare un minimo di sonno. Alla scena del matrimonio sul finto letto di morte di Filumena, Vanina capí che non c'era speranza.

Aspettò i titoli di coda prima di rassegnarsi al supplizio delle voltate e rivoltate nel letto, la mente persa nei pensieri. Ci volle un'ora e tre quarti.

Il risveglio mattutino, come da manuale, fu una mazzata in testa di quelle che lasciano storditi. Con l'aggravante che, per qualche misterioso motivo, in piena notte il condizionatore era andato in protezione e aveva smesso di funzionare, con conseguente bagno di sudore che aveva richiesto una doccia piú lunga del solito.

Alfio aveva intuito la situazione e le aveva impacchettato la colazione in un attimo. Tra un semaforo e l'altro, in mezzo minuto Vanina se l'era sparata.

Arrivò in ufficio sufficientemente sveglia e con le idee chiare su come muoversi. Almeno a quello l'ora e tre quarti di arriminamenti notturni era servita.

Bonazzoli la seguí subito nella sua stanza.

– L'ispettore Spanò arriva piú tardi, – comunicò.

– Sí, lo so. Ieri fece nottata appresso all'incendio del laboratorio di Cammarata.

– Dice che probabilmente Pappalardo ti chiamerà per riferire qualcosa.

Vanina si levò la giacca, si abbandonò sulla poltrona dietro la scrivania, tirò fuori le sigarette. S'accorse che il balconcino era chiuso.

– Ecchemminchia, – protestò, rialzandosi.

Il microclima dell'ufficio permetteva di evitare l'aria condizionata per almeno un paio d'ore la mattina. Una mano santa per la salute di chi era costretto a soggiornare nella stanza della Guarrasi. Bonazzoli su tutti.

– Non promette bene, – commentò Vanina, mentre si riabbandonava sulla poltroncina.

– Che cosa? – chiese Marta.

– Il fatto che Pappalardo abbia qualche cosa da comunicarmi.

– Tu credi che Cammarata sia stato ucciso?

Vanina alzò le spalle.

– Non lo credo come non lo escludo. Ci sono troppe cose che non quadrano in questa faccenda.

– E le pillole di valeriana identiche a quelle che utilizza Corinna?

– Un'altra questione che non mi quadra per niente –. Fece una pausa, la scrutò. – Ma tu come fai a sapere delle pillole di valeriana di Corinna? Quando ieri sera Pappalardo mi chiamò avevi già preso la strada per San Giovanni Li Cuti. Anzi, per come correvi capace che eri arrivata e ti stavi preparando una delle tue cene pseudosalutiste –. Nel corridoio deserto erano rimasti solo lei, Macchia e Spanò.

– Perché *pseudo*? – s'inalberò Marta.

– Perché il tuo regime alimentare da erbivora non è adatto all'essere umano, che invece è onnivoro.

– Questo lo dice lei... lo dici tu –. Ogni tanto si scordava che dal giorno prima si davano del tu.

– No, questo lo dice Adriano Calí, che è laureato in Medicina e di corpo umano ne capisce sicuramente piú di te. Il cibo di cui vi nutrite voi vegani non è equilibrato.

– Certo che lo è.

– No, non lo è. Altrimenti non sareste costretti a inventarvi intrugli inesistenti in natura, tipo seitan, tofu e cose di questo tipo, o a integrare le vitamine con l'alga... come si chiama? Spirina?

– Spirulina. Non vedo cosa ci sia di assurdo nell'integrare.

– Niente, purché si ammetta di non fare una dieta bilanciata, – disse la Guarrasi, alzandosi di colpo e infilandosi la giacca.

Bonazzoli la guardò incerta.

– Amuní, forza, Marta. Andiamo a trovare Corinna Lomonaco e facciamoci dare un poco di spiegazioni.

10.

– Dottoressa! Dottoressa! – Nunnari entrò correndo nel cortile della caserma davanti alla Mobile, dov'erano parcheggiati i mezzi di servizio.

Per schivarlo Bonazzoli dovette sterzare di colpo con la moto, sbandando.

– Mimmo!

Vanina recuperò in calcio d'angolo l'equilibrio sul sellino posteriore.

– Nunnari, sei una testa di minchia.

Il sovrintendente diventò bordeaux. Doppia malacumparsa aveva fatto: con la Guarrasi, che di questo passo avrebbe finito per crederlo un deficiente, e con Marta, alla cui considerazione Mimmo teneva sopra ogni altra cosa. Almeno a quella, visto che sul resto non riteneva verosimile nutrire speranze.

– Scusate...

– Forza, che fu? Perché ti scapicollasti cosí? – chiese Vanina.

– Controllai ora ora i tracciamenti del telefono di Corinna Lomonaco. Lo sa dove si trovava ieri sera?

Vanina lo immaginò subito, ma non gli diede il sazio di rispondergli. 'Sto vizio degli indovinelli di sicuro gliel'aveva trasmesso Spanò. Meglio fargliele levare.

– A Montecarlo?

Il sovrintendente restò senza parole.

La Guarrasi si mosse a compassione. – Avanti, Nunnari, vediamo se indovino: nel laboratorio di Cammarata?

– Precisamente!

Marta si voltò di centottanta gradi, si tolse gli occhiali da sole per interagire meglio con Vanina, che invece i suoi Persol storici se li tenne sul naso.

Niente, era inutile, qualunque nuovo indizio venisse fuori portava sempre a Corinna Lomonaco. Valeva per l'omicidio del padre cosí come, a quanto pareva, per la morte accidentale – o presunta tale – di Cammarata.

– Un po' sprovveduta la ragazza. Forse non sapeva che il suo telefono era controllato, – commentò Bonazzoli.

– O forse lo sapeva, ma non pensava di fare niente di male andando a trovare Cammarata.

– Però, scusami, proprio tu ripeti sempre che le coincidenze nel nostro mestiere sono… – Marta non ricordava la parte finale.

Vanina l'anticipò. – Sono sempre l'opzione zeta nell'alfabeto delle piste da seguire.

– Appunto. Corinna va a trovare il padre e lui subito dopo viene ucciso, poi va a trovare Cammarata e anche questo muore di lí a brevissimo in un incidente sul lavoro. Se non è una coincidenza… come la vogliamo chiamare?

– E come la dobbiamo chiamare, Bonazzoli, col nome suo: un indizio di colpevolezza. A questo punto direi pure grave.

In casa Lomonaco la morte di Ruggero Cammarata aveva aggiunto lutto al lutto. Gramaglie alle gramaglie, per quanto riguardava Maria, che piú nera di cosí non poteva essere, e non solo nell'aspetto esteriore. D'un tratto a proprio agio nella parte che le competeva dalla sera in cui

Agostino era stato ucciso. A voler leggere tra le righe, avventurandosi in un ambito che Vanina non amava esplorare, Maria pareva piú vedova adesso di quanto non lo fosse stata negli ultimi giorni. Reduce senza dubbio da una notte insonne, salutò la Guarrasi e la Bonazzoli e si ritirò nella sua stanza.

– Dottoressa, ho deciso di sottopormi al test del Dna, – comunicò Corinna, seguendo la madre con lo sguardo benevolo di un monaco inquisitore. – Ho scoperto che mio padre aveva intenzione di chiedermelo.

– Ottima decisione. E quand'è che ha fatto questa scoperta? Prima o dopo aver disseminato capsule di valeriana nei pozzetti dei gelati? – sparò Vanina.

La donna accusò il colpo. – Non ho capito, scusi.

– Le pillole che i clienti hanno trovato nei gelati. Lo sa? Era valeriana. La *sua* valeriana.

– Come sarebbe a dire *la mia valeriana*? Non sarò certo l'unica persona a Catania che ne fa uso.

– No, ma quella che hanno analizzato i colleghi della Scientifica è esattamente la sua. Stessa marca, stessa preparazione.

Corinna si passò una mano sulla fronte, come per asciugarla. Preoccupata almeno quanto stupita.

– Non capisco... – Alzò gli occhi verso la Guarrasi. – Ma sul serio mi state accusando di aver sabotato le nostre gelaterie? – si agitò. – O magari anche di aver ucciso mio padre?

– Gli indizi che abbiamo raccolto finora direbbero questo, – Vanina usò il condizionale apposta.

– Perché avrei dovuto ucciderlo?

– Non lo so. Forse perché aveva deciso per davvero di diseredarla?

– Come glielo devo dire, dottoressa? Mio padre non voleva affatto diseredarmi. Me lo disse subito e lo ribadí, se le interessa saperlo, proprio la sera in cui lo ammazzarono.

– Però voleva farla sottoporre al test del Dna. Non le pare una contraddizione?

– Mia mamma dice che si trattava di una ripicca nei suoi confronti.

– E Ruggero Cammarata che ne pensava?

Corinna rimase a corto di parole.

– Ruggero Cammarata? – ripeté.

– Cos'è, ieri sera non fece in tempo a chiederglielo? – La fissò in attesa. Con la risposta che avrebbe dato, Corinna si sarebbe giocata l'unica possibilità di non finire in galera per l'omicidio di Lomonaco, e magari venire coinvolta anche nella morte di Cammarata. Quella possibilità poteva dargliela solo lei.

Corinna sostenne lo sguardo della Guarrasi in apnea finché non diventò troppo pesante. A quel punto buttò fuori l'aria.

– Sí, ieri sera sono andata a trovare Ruggero, – disse.

– Era ancora vivo, immagino.

La Lomonaco fece un sorriso amaro. – Non mi crederà se glielo dico, vero?

– Dipende.

– Da cosa?

– Da quanto è credibile quello che ha da raccontarmi.

Il sorriso di Corinna diventò risata.

– Allora mi arresti, perché non ci sarà anima viva a confermare quello che le dirò.

Vanina lasciò che si sfogasse.

– Sto aspettando, – la incalzò.

– Cosa? Di sapere che ho passato mezz'ora davanti alla

porta del laboratorio di Cammarata senza avere il coraggio di bussare?

– Perché non ne ha avuto il coraggio?

La donna allargò le braccia. – Forse perché mi ero pentita. Quell'uomo poteva rivelarmi cose che mi avrebbero fatto male –. Girò gli occhi verso la porta attraverso cui si era allontanata sua madre.

– Come, ad esempio, che Agostino aveva ragione a dubitare della sua paternità?

– Ad esempio.

– E dopo che ha fatto? – Vanina alzò una mano in segno di avvertimento. – Occhio, Corinna, che qualunque cosa ometterà da adesso in poi sarà un indizio in piú a suo carico. Le consiglio di essere sincera.

– Le giuro che non ho nulla da nascondere. Sono scappata da lí e sono andata a casa di Tommaso, il mio fidanzato. È a letto con la febbre. Sono rimasta a fargli compagnia tutta la notte. Può chiederglielo.

– Controlleremo. E dopo?

– Stamattina presto mio fratello mi ha chiamata per dirmi che Ruggero era morto ieri sera nell'incendio del laboratorio. Disse che mia madre era in condizioni terribili. Sono tornata subito a casa.

Vanina la fissò di nuovo, senza dire niente. Sempre senza dire niente si tirò su dal divano bianco immacolato sul quale lei e Marta si erano accomodate. Solo adesso si rendeva conto del rischio che avevano corso di imbrattare quel capolavoro d'arte mobiliera con il volgare grasso di una motocicletta sequestrata a chissà chi.

– Vanina, posso farti una domanda?

S'erano sedute a un tavolino esterno nella pasticceria storica piú nota di Catania, davanti a Villa Bellini.

– Pure due.

– Tu sei proprio convinta che Corinna Lomonaco sia innocente?

– Perché? Secondo te uno che fa il mestiere nostro può permettersi il lusso di essere convinto di qualche cosa?

– Direi di no.

– E allora, che domande fai? – Addentò il cannolo di ricotta responsabile di quella fermata imprevista.

Marta bevve un sorso di latte di mandorla.

– A me francamente sembra sincera, – disse.

– Anche a me. Ma questo non significa per forza che siamo due sbirre con le antenne.

– Cosa vuol dire, allora?

– In teoria pure che siamo due minchione e ci facciamo pigliare per il naso da una commediante nata.

Marta sorrise.

– Io, può darsi. Ma tu, è difficile. La Guarrasi può mai farsi prendere per il naso da una Corinna qualunque?

Vanina si pulí la bocca. Aveva zucchero a velo depositato persino sui capelli.

– Martuzza mia, non hai idea di quante Corinne esistano, capaci di pigliare per i fondelli a me, a te e a tutta la questura.

– Va bene, ma tu cosa pensi? – insisté Marta.

– Ho capito, ti mettesti a camurría. Fammi finire il cannolo, che te lo dico.

Spanò e Fragapane parlavano fitto nell'ufficio che condividevano. La stanza «dei veterani», la chiamavano. Appena vide passare la Guarrasi con la Bonazzoli al seguito, l'ispettore capo si alzò e le raggiunse in corridoio.

– Spanò, lei già qua è? Quanto dormí, un'ora? – fece Vanina.

– Quattro. Ma mi bastarono e mi avanzarono.

S'infilarono nell'ufficio vicino, quello denominato «dei carusi» perché occupato dai tre componenti giovani della squadra: Bonazzoli, Nunnari e Lo Faro. Tutti, chi piú chi meno, sotto i trentacinque.

Auricolari alle orecchie, in mano uno sfilatino imbottito di mortadella con cui stava onorando la meritata pausa pranzo, il sovrintendente Nunnari fissava rapito il suo computer. Vanina si bloccò sulla soglia. Indicò agli altri due di non farsi sentire e s'avvicinò alla scrivania da dietro in modo che lui non la vedesse.

Strinse gli occhi per focalizzare meglio le immagini che passavano sul monitor. Uomini in divisa, epoca lontana. Seconda guerra mondiale, probabilmente. Esercito americano. Riconobbe Donald Sutherland giovanissimo. Come si chiamava quel film?

– Oddio, dottoressa! – fece Mimmo, saltando in aria.

Vanina riuscí a recuperare al volo il panino, partito appresso a lui.

– Calma, Nunnari. E che è? Si scanta di me?

– No, è che... – armeggiò col mouse cercando di fermare la riproduzione, senza riuscirci. – Madre Santa, mi scusi.

– E di che cosa?

– Che stavo usando il computer dell'ufficio per cose mie.

– Certo, detta cosí non pare una cosa graziosa.

– Infatti. Stacco subito... se ci riesco, – s'ingarbugliò ancora di piú.

Vanina gli passò davanti, afferrò il mouse e mise in pausa. *Quella sporca dozzina*, ecco come si chiamava.

– Porca miseria, Nunnari, ma lo sa che mi ha piacevolmente stupita?

Il poliziotto era scattato in piedi per lasciarle spazio.

– Perché? Che ho fatto?

– Come, che ha fatto? Film storico, grandi attori. Tutto potevo immaginare tranne che anche a lei piacesse il vecchio cinema.

Il sovrintendente s'imbarazzò.

– Ma io veramente...

Spanò scoppiò a ridere.

– Ca quale vecchio cinema e grandi attori, dottoressa. Quello è fissato con le pellicole piene di soldati americani. Antiche, nuove, buone o tinte fa lo stesso. Basta ca ci su' marines e divise.

Vanina guardò Nunnari.

– Vero è?

– Sí, dottoressa.

– Vabbe', sempre una passione cinematografica è –. Si spostò di lato e gli riconsegnò il panino.

Nunnari sembrò sollevato. Ringraziò e si risedette.

– Novità ne abbiamo? – gli chiese.

– L'ispettore Spanò ha qualche notizia.

Spanò confermò con un cenno del capo.

– Mangiati il panino, Nunnari, va'. E finisci il film, – disse Vanina, allontanandosi.

– Finirlo è impossibile, dottoressa. Troppo lungo.

– Allora veditene un altro pezzo.

Nunnari scattò in piedi in segno di saluto.

– Riposo, guardiamarina Nunnari. Riposo.

Vanina se ne andò ridendo verso il suo ufficio, con Spanò appresso. Marta invece restò nella stanza dei carusi.

– Ora ha capito perché si veste in quel modo streuso? – disse l'ispettore.

– Ho capito.

– Guarra', – la chiamò Macchia che avanzava lungo il corridoio assieme a Giustolisi della Sco.

– Capo, – lo salutò.

– Che mi dici?

Gli raccontò per sommi capi la mattinata.

– C'è una cosa che ancora non avevo avuto il tempo di comunicare alla dottoressa, – intervenne Spanò.

– Di che si tratta? – chiese Macchia.

– Pappalardo venne a cercare la dottoressa Guarrasi mentre lei era dalle Lomonaco. Per non disturbarla al telefono intanto riferí a me e si raccomandò di richiamarlo casomai avesse avuto bisogno di chiarimenti. Tanto lui è in ufficio tutto il...

– Spanò, una cosa di giorno, – lo riprese Macchia. – Che ha detto Pappalardo?

– Disse che per com'era cumminato il tubicino della bombola, nel laboratorio di Cammarata, al novantanove per cento era stato manomesso.

Vassalli non si teneva piú.

– Io non capisco davvero per quale motivo stiamo perdendo tempo dietro a un evidente suicidio.

– Dottore, scusi ma per come la vedo io non c'è niente di evidente. E il dottor Macchia è d'accordo con me –. Tito le aveva dato il permesso di giocarsi quella carta. Vanina evitò di aggiungere che anche la Recupero, appena sentita per telefono, concordava con lei su tutta la linea.

– Ci si mette anche Macchia adesso. Ma ditemi voi cosa c'è di illogico: un uomo che sa di dover morire decide di togliersi la vita. Direi da manuale.

– E per togliersi la vita, invece di ingoiare una confezione intera dei farmaci micidiali che piglia ogni giorno e morire nel sonno, combina tutto quel macello per crepare nel modo peggiore che esista. Carbonizzato. Per giunta distruggendo il laboratorio, che è l'unica eredità che avrebbe lasciato a suo figlio. Mi dica lei, piuttosto, cosa c'è di logico.

Vassalli non seppe cosa rispondere.

– Va bene, tanto ho capito che andrà avanti come ha deciso, – borbottò. – Mi dica come intende muoversi.

– Intanto voglio cercare di scoprire se tra Lomonaco e Cammarata c'era qualche legame che noi non conosciamo. Un legame esistente anche a loro insaputa.

– Ad esempio?

– Erano vittima dello stesso giro di estorsioni, magari?

– Sant'iddio, ma una fissazione ha con queste estorsioni!

Vanina non gli diede corda. Proseguí.

– La dottoressa Recupero ci sta lavorando. Nel frattempo, se lei è d'accordo, traccerei e intercetterei tutte le persone che per qualche motivo hanno a che fare con Lomonaco e con Cammarata. A partire dai familiari piú stretti.

Almeno su questo lo trovò d'accordo.

Stava già salendo a Santo Stefano quando la chiamò Adriano Calí.

– Guarrasi, ringraziami.

– Perché?

– Perché ho passato ore e ore su un cadavere che piú fetido non poteva essere per cercare di darti piú notizie possibile.

– E hai trovato qualche cosa?

– Sí.

– Oh! Ogni tanto una buona nuova. Dimmi.

– Cammarata non è morto nell'incendio.

– Ah.

– Non aveva inalato niente. Segno che aveva smesso di respirare prima.

– Può essere stato il gas?

– No. Aveva la testa sfondata. Esattamente come Lomonaco.

Vanina fece un'inversione a U di quelle da ritiro immediato della patente e tornò indietro. Dopo aver chiuso con Adriano chiamò subito Spanò.

– Ispettore, è a casa?

– No, ancora fuori sono. Perché?

– Mi dica dov'è che passo a prenderla. Dobbiamo andare in un posto.

Spanò ebbe un'esitazione. – Ora? Ma... dove dobbiamo andare?

– Amuní, ispettore, mi dia l'indirizzo.

– Sono in un bar di via Umberto, – le disse il nome.

Vanina non si rese conto di essere a due passi. Arrivò in pochi minuti e si piazzò sul marciapiede di fronte. Sbirciò dentro il bar, un locale moderno con aperitivo stile happy hour in bella vista. Spanò era ancora seduto, bevve d'un fiato quello che aveva nel bicchiere. Le venne il dubbio di avergli sconzato qualche appuntamento galante. Non conosceva i dettagli della sua vita privata, ma sapeva che era separato. E, a occhio e croce, non sembrava felice di esserlo. Quando lo vide uscire dal bar, invece di palesarsi, per la curiosità aguzzò lo sguardo. Rimase sorpresa. Un uomo anziano, vestito in modo elegante, con cui l'ispettore sembrava in grande confidenza. Spanò lo accompagnò alla sua auto, una Panda bianca scassata che stonava con l'abbigliamento ricercato del conducente, e aspettò che partisse. Sgasando, le parve di percepire.

Quando l'ispettore si accorse di lei allungò il passo, attraversò la strada e s'infilò di corsa nella Mini.

11.

Inutile citofonare ancora: Carmine Cammarata non era in casa. Il palazzo di sei piani in viale Mario Rapisardi in cui vivevano lui e il padre non era provvisto di portiere. O meglio, a giudicare dal relitto di gabbiotto sgarrupato che s'intravedeva oltre il cancello di alluminio anodizzato e vetro, non lo era piú.

Spanò provò a chiamarlo, il telefono squillava a vuoto.

– 'Sa unni sinn'iu, dottoressa.

Vanina sbuffò. Si accese una sigaretta.

– Che facciamo? – chiese Spanò.

– E che facciamo, aspettiamo.

– Qua?

– No, a casa mia –. Tirò una boccata di fumo, rinunciò all'ironia. Non era l'ora e nemmeno il caso di infierire. – Qua, ispettore, certo. Dove lo vuole aspettare?

– Scusi, dottoressa, io intendevo dire proprio qua, a pizzo davanti al portone?

– Che altro propone?

Spanò si guardò intorno.

– Mah, o ci infiliamo in macchina, oppure ci assittiamo a uno di quei tavolini, – additò un chiosco poco piú avanti, dall'altro lato della strada, larga e trafficata.

Vanina controbatté indicando dalla parte opposta una pizzeria da asporto, con un solo tavolo fuori. – Casomai là. Il tramezzino che mi offrí Fragapane mi aprí una voragine nello stomaco. Se bevessi un sorso di quegli intrugli gassati e zuccherati con cui voi catanesi vi allitrate, il mio stomaco urlerebbe.

– Dottoressa, scusi ah, con tutto il rispetto: forse voialtri palermitani non conoscete molto bene i chioschi catanesi, – replicò Spanò, camminando verso la pizzeria. – Il seltz sale e limone è la cosa piú dissetante che esista.

– Chi dice cose. Solo che io sete non ne ho.

– E poi i tramezzini che prepara Finuzza Fragapane per suo marito sono buonissimi, – continuò Spanò.

– Buonissimo era, infatti. Ma io oggi, per colpa di quel cannolo che a mezzogiorno mi levò l'appetito, avevo saltato il pranzo. Un tramezzino solo che doveva fare?

Entrarono e chiesero all'uomo dietro la cassa se c'era il servizio al tavolo. Lui scosse la testa.

– Solo cartoni per l'asporto abbiamo.

– E il tavolo là fuori allora a che serve? – chiese Vanina.

– Se si vole bere qualche cosa ammentri ca aspetta, s'assetta dda.

Ordinarono lo stesso due margherite, nel peggiore dei casi le avrebbero mangiate in macchina. E due birre.

– Tre, – corresse Spanò. – Una me la bevo ora.

Si sedettero al tavolino.

Vanina tirò fuori il telefono e chiamò l'ufficio.

– Squadra Mobile, – risposero.

– Guarrasi. Con chi parlo?

– Dottoressa, Lo Faro sono.

– Lo Faro, fai una cosa: controlla dove si trova in questo momento Carmine Cammarata.

Silenzio.

– Lo Faro?

Niente.

Vanina guardò il display.

– Ma che cascò la linea?

Mentre stava per riattaccare sentí una voce. – Pronto? Pronto?

– Lo Faro, che è successo?

– Non sono Lo Faro, sono l'agente Spada. Con chi parlo?

Uno che Vanina conosceva poco.

– Guarrasi.

– Dottoressa, scusi, non l'avevo riconosciuta.

– Spada, che ci fa là? Dov'è andato Lo Faro?

– Non lo so. Di botto lasciò il telefono aperto e corse verso il suo ufficio.

– Ma è scemo? – fece Vanina. Guardò Spanò, che seguiva la conversazione sorseggiando la prima birra.

– Eccolo! – disse Spada. – Sta arrivando. Glielo passo.

L'agente ansimò nel telefono. – Dottoressa.

– Lo Faro, ma dov'eri finito?

– Come, dov'ero finito... non mi aveva chiesto la localizzazione di Cammarata?

– E mi lasciasti appizzata al telefono cosí, senza dire niente?

– Volevo fare prima possibile.

Vanina faticò a restare calma.

– Amuní, forza, dimmi dov'è Cammarata.

– A casa sua.

Le pizze se l'erano spazzolate alla velocità della luce. Alla fine l'uomo che stava alla cassa, che avevano appurato essere il proprietario, era uscito apposta per servirgliele al tavolo. Nei cartoni, ovvio, ma al tavolo.

– S'addunò che siamo sbirri, – aveva sentenziato Spanò.

Riprovarono a citofonare dov'era scritto Cammarata. Niente.

– Dottoressa, ma sicuri siamo che Carmine si trova a casa?

– Sicuri come si può essere sicuri di un'informazione data da Lo Faro.

Spanò sorrise sotto i baffi.

– Ma virisse ca 'ddu caruso non è cretino. Pare babbo pirchí ha 'sto modo di fare.

– Modo di fare? Il telefono in faccia gli stavo sbattendo. Non mi lasciava riattaccare. Ma sicuro che non posso fare nient'altro, dottoressa? Sono a disposizione, dottoressa.

– Che vuole, gli insegnarono che i capi bisogna allisciarseli.

– Certo, finché non trova il capo che alliscia a lui, – ribatté Vanina, cercando di forzare il portone.

– In questo caso fu particolarmente sfigato, mischino, pirchí macari Macchia mi pare allergico alle leccate.

– Piú allergico di me.

L'ispettore le indicò di lasciar provare lui. Si appese alle sbarre del portone fino a quando non riuscí a smuoverlo.

– Pezzi di delinquenti, chi stati facennu!

Un uomo, con al seguito un picciriddo e un cane dalla razza indefinibile, li guardava inferocito.

– No, scusi, non ha capito... – iniziò Spanò, ma quello non gli permise di parlare.

– Tutte cose capii, invece. I carrabbinera chiamo, – tirò fuori il telefono.

L'ispettore cercò di estrarre il tesserino dalla tasca dei jeans troppo stretti. Vanina lo batté sul tempo.

– Vicequestore Guarrasi, squadra Mobile.

L'uomo rimase pietrificato, all'improvviso a corto di parole.

– Gerolamo Vincenzo.

– Lei abita qui?

– Sissignora.

– Se ci apre evitiamo di scassarvi il portone.

– Subbito! – Mollò il guinzaglio al bambino. – Linuccio, stai attento a Ralph –. Prese le chiavi e aprí, con mano tremante.

– Lei conosce i Cammarata? – gli chiese Vanina.

– Certo! Abitano un piano sopra di noi. Mischinazzo Ruggero, che mala fine.

– Quindi conosce anche Carmine?

– Ca come no. ’Na vita avi, ca cummattu con Carmine.

– In che senso?

– Nel senso che fin da quannu eravamo nichi iddu cercava sempre di bullizzarmi, e io cercavo sempre di non incontrarlo. Macari ora, se posso, lo evito.

– Perché, che fa?

– Non lo so e non lo voglio sapere, ma le facce che frequenta non sono proprio un campione di pulizia.

– Sa per caso se Carmine è in casa? – chiese la Guarrasi, col fiato corto. Parlando parlando, Gerolamo e la sua mini truppa s’erano fatti tre piani di scale e lei e Spanò gli erano andati dietro. Solo ora s’era accorta che c’era l’ascensore.

L’uomo guardò il soffitto, come se potesse dargli una risposta.

– Penso di sí. Quannu niscii un’ora fa c’era sicuro. Lo vidi sul balcone che fumava. È abbattuto assai, mischinazzo macari iddu. Non parla con nessuno.

Lo lasciarono a correre appresso al cane, che s’era liberato dal guinzaglio e aveva infilato le scale buttando a terra Linuzzo. Salirono una rampa e si trovarono davanti alla porta di Cammarata. Bussarono. Nessuno rispose, ma qualcuno in casa c’era.

– Carmine, il vicequestore Guarrasi sono. Mi apre?

Niente.

– Carmine, se non apre mi costringe ad abbattere la porta per accertarmi che stia bene.

Tempo un minuto, la porta si aprí.

Carmine aveva un aspetto pessimo. Abbassò la testa in segno di saluto. Si spostò di lato e i poliziotti entrarono in casa. Vanina captò qualcosa di strano nell'aria. Fece appena in tempo a bloccare la porta col piede prima che Cammarata riuscisse a chiuderli dentro e partí al suo inseguimento. Spanò aveva già tirato fuori la pistola, pronto a sparare un colpo in aria per fermarlo, quando lo videro ruzzolare lungo gli ultimi gradini in un groviglio di guinzagli. Lo trovarono steso per terra, i denti del cane Ralph attaccati a una caviglia e il picciriddo Linuccio che gli saltellava intorno. Gerolamo cercava invano di staccare il cane dalla presa.

– Sant'Aituzza, cchi cumminammo!

– Cammarata, che cazzo pensavi di fare? – la Guarrasi non gli diede manco il tempo di rimettersi in piedi. Il cane per fortuna non aveva affondato i denti, e la caduta non sembrava aver provocato grossi danni. Spanò stava chiamando l'ambulanza. Vanina afferrò Carmine per un braccio e gli indicò la sedia che la signora Gerolamo aveva portato giú insieme alla cassetta del pronto soccorso.

– Amuní, siediti –. Lui obbedí. – Ora ci spieghi perché sei scappato.

L'uomo rimase in silenzio.

– Lo sai che quello di tuo padre non è stato un incidente, vero?

Carmine alzò gli occhi. Vanina si accorse che aveva le pupille dilatate.

– E cosa è stato?

– Perché non me lo dici tu?

Cammarata buttò la testa indietro, esausto.

– Che le debbo dire, dottoressa? Che sono complice di un suicidio? Sí, confesso, sono complice. Sapevo che mio padre non aveva nessuna intenzione di morire in ospedale imbottito di morfina con un tubo per l'ossigeno e un ago conficcato nel collo. Mi aveva chiesto di giurarglielo: quando capirò che è arrivato il momento troverò un modo e tu non dovrai fare niente, niente, per salvarmi. L'ha detto, e cosí è stato.

– Quindi lei sapeva che suo padre ieri si sarebbe ammazzato?

– Non sapevo che sarebbe successo proprio ieri sera. Ma anche questo era parte del patto: se ne sarebbe andato senza avvertire. Cosí ci saremmo risparmiati l'addio. Solo in un caso sarei dovuto intervenire io, se lui non fosse piú stato in grado di farlo da solo.

– E secondo lei ieri com'è andata?

– Come dev'essere andata, dottoressa. È chiaro, ha aperto il gas e ha aspettato che la stanza fosse satura per accendere il fornelletto.

– Secondo lei è plausibile che suo padre abbia fatto tutto quel teatro solo per uccidersi. Ci sono sistemi piú semplici.

L'uomo la fissò. – Avanti, dottoressa , lo dica. Tanto lo so che là andremo a finire. Lei crede che io abbia caldeggiato quel genere di suicidio perché sapevo che il laboratorio era assicurato per l'incendio.

– Molto fantasioso. Lo sa che non ci avevo pensato?

– Certo, come no.

Vanina tirò fuori una sigaretta.

– Una cosa sola non quadra per niente con la storia che mi ha raccontato lei.

– Cosa?

– Che quando è scoppiato l'incendio suo padre era già morto. Con la testa sfondata.

Carmine si trasfigurò. Si drizzò sulla sedia, piú pallido di prima.

– Cos'ha detto? – chiese, come se non avesse sentito.

Vanina glielo ripeté.

12.

Il terrazzino davanti all'agrumeto godeva di un microclima unico. Pure nelle serate piú torride, quando il vento caldo s'infilava nelle strade del paese senza concedere un'ora di tregua, per un particolare gioco di correnti lí si respirava. Lí e in tutto il giardino intorno. Almeno due gradi in meno, diceva Bettina, vantandosela manco fosse opera sua.

In quell'oasi di pace a Vanina pareva di riconciliarsi con la madre terra. Soprattutto quando l'aria fresca pigliava il profumo della notte e nel paese non passava piú anima creata. Inutile negarlo: il mondo della notte le piaceva assai. In città come in campagna, in riva al mare o in pizzo all'Etna, l'ora piú bella per lei si collocava tra quelle in cui la maggior parte della gente era nel sonno migliore. Si fumò una sigaretta seduta su una delle sedie di ferro, i piedi incrociati su un'altra. Il telefono, poggiato sul tavolino col ripiano di ceramica, era silenzioso. Ogni tanto una notifica automatica illuminava lo schermo, da anni occupato da una foto della cui visione Vanina difficilmente sarebbe riuscita a fare a meno. L'Addaura, gli scogli, il mare. La casa dietro, che non si vedeva ma c'era. C'era sempre. La mente se ne andò dove non avrebbe dovuto. Quand'era cosí, non c'era indagine che riuscisse a riportarla coi piedi per terra. E poi si stupiva che un servizio in televisione con Paolo Malfitano in primo piano le scatenasse una tempesta emotiva. Dopo tutti quegli anni passati a dimenticare, a distaccarsi da tutto. Una grandissima, autosomministrata, presa per i fondelli. Bastava già solo la sua dipendenza da quella foto, con tutti i significati che si portava appresso, a dimostrare che non aveva dimenticato un bel niente.

– Pezzo di scimunita, – s'insultò a bassa voce. Invece di restare concentrata sull'indagine che oramai, se lo sentiva, stava arrivando a una svolta, come una babba s'era lasciata trascinare in un terreno minato di pensieri che non le avrebbero permesso di addormentarsi neanche a forza di percussioni sulla testa.

L'unica, in quel caso, era prendere la porta e uscire. Possibilmente diretta in un posto dove sarebbe stato impossibile fermarsi a riflettere. Magari in compagnia di qualcuno che avrebbe saputo come distrarla. A mezzanotte passata quella persona poteva essere una sola.

Maria Giulia De Rosa s'era piantata di vedetta all'entrata della villa dove una delle sue mille conoscenti stava festeggiando i quarant'anni. Attenta a schivare le ciotole di citronella bollente, camminava avanti e indietro, un occhio al vialetto d'ingresso e l'altro al telefonino. Le indicazioni le aveva inviate precise, ma con Vanina Guarrasi non si sapeva mai. Dopo due mesi, sempre giustificata da quel «palermitana sono» che pareva un mantra, era ancora capace di perdersi nel centro di Catania, figurarsi in un paesino sul mare tra Acireale e Giarre. Ma quella situazione, Vanina che la chiamava per chiederle se poteva raggiungerla, che aveva «voglia di distrarsi un poco», era del tutto inedita e non corrispondeva a dinamiche normali.

E infatti.

Vanina infilò la Mini nell'unico buco rimasto di un parcheggio che conteneva almeno un centinaio di macchine. Minchia, mezza Catania doveva esserci. Come le era venuto per testa di riesumare l'invito dell'amica di Giuli, già ampiamente declinato? Comunque oramai era fatta. Arrancò lungo il vialetto sterrato cercando di non affondare con i sandali che s'era pentita di aver indossato un minuto dopo essere salita in macchina. Ma l'avvocata era stata tassativa: abiti eleganti o meglio che ti stai a casa.

– Mizzica, lo sai che non ti avrei riconosciuta? – fece Giuli, ammirata.

– Ti scordasti le lenti a contatto?

– Scimunita che sei.

– Amuní, forza: perché non mi avresti riconosciuta?

– Sei fighissima.

– Grazie, perciò di solito faccio schifo?

– Avaja, Vani, finiscila, che hai capito benissimo. Di solito ti vesti sportiva, ricercata, con tutte le fisime dei marchi dove non si vede il logo, ma sempre un poco mascolina. Stasera, figghitta mia, hai un outfit strepitoso. Si vede che viene da Milano.

– Ma quale Milano e Milano. 'Sto vestito a Palermo l'ho preso –. E giusto perché sua madre e sua sorella Costanza s'erano messe a camurría.

– Appena ti vede Biancavilla sviene.

– Speriamo di no, – replicò Vanina. – Che me ne faccio di uno svenuto?

Giuli la guardò basita.

La festeggiata, che di nome faceva Luce, era vestita che pareva volesse rappresentare il suo nome: paillettes argentate, gioielli luccicanti, capelli biondissimi. Di anni ne dimostrava al massimo una trentina. Non era la prima volta che Vanina la vedeva.

– Sono contenta che tu abbia trovato il tempo per venire, anche tardi!

Vanina mentí spudoratamente rispondendo che aveva fatto di tutto per esserci.

A giudicare da facce e movenze sulla pista da ballo, i duecento amici festeggianti dovevano essere già al terzo o quarto cocktail, nel pieno della fase bevereccia della serata. La fila schiamazzante all'open bar lo confermava. Adriano e Luca non c'erano. Per salutarsi meglio prima che Luca partisse per un reportage in Arabia Saudita, s'erano rintanati nella loro casa di Noto. Prima di lunedí non sarebbero rientrati. Vanina chiuse occhi e orecchie e si buttò nella mischia appresso a Giuli. Venti minuti piú tardi Enrico Biancavilla le aveva portato il secondo mojito su un divanetto a bordo piscina e stava parlando a macchinetta di tutto il futile esistente al mondo. Un'ora dopo erano nell'angolo piú buio del giardino.

Vanina arrivò in ufficio alle nove passate, dopo appena quattro ore di sonno piombigno e relativo risveglio problematico, reso ancora piú difficoltoso da un vago mal di testa. Con Biancavilla se l'era sbrigata sfilandosi appena prima che l'infrattamento serale travalicasse il confine di una delle rispettive camere da letto. Non che la prospettiva non la attirasse, anzi. In un altro momento, senza morti ammazzati che reclamavano giustizia, un giretto di giostra con Enrico se lo sarebbe fatto volentieri. Per come l'aveva lasciato, appeso a un filo, era sicura che la faccenda fosse solo rimandata di qualche giorno.

S'era appena accomodata alla sua scrivania e aveva

aperto il cartoccio di Alfio quando mezza squadra irruppe nella stanza.

– Scusi, dottoressa, se vuole torniamo dopo, – fece Spanò, portavoce degli altri due.

– Non c'è bisogno. Sedetevi e contatemi tutto –. Continuò a scartare la colazione. Latte macchiato con caffè doppio e cornetto alla crema. Per tentare di sbaragliare il mal di testa senza impasticcarsi con antinfiammatori vari, serviva un carico di caffeina che la granita era lungi dal contenere.

Spanò e Marta si accomodarono sulle due sedie, Nunnari rimase in piedi.

– Che dice Carmine Cammarata? – chiese la Guarrasi.

– Per il momento è sempre ricoverato. Penso che lo terranno un paio di giorni in osservazione per quella leggera commozione cerebrale.

Per fare prima non avevano aspettato l'ambulanza. Al pronto soccorso ce l'aveva accompagnato Spanò, che nottetempo l'aveva aggiornata con un messaggio.

– Stamattina lei e Fragapane vi fate una passeggiata a casa dei Cammarata. Cercate di capire se Carmine ce la contò giusta. Non ci scordiamo che ha tentato la fuga.

Spanò annuí.

Marta stava attaccando a parlare quando il telefonino della Guarrasi squillò.

Vanina guardò il display e sorrise. Fece segno di scusarla e con un altro cenno ordinò ai tre di restare lí.

– Manzo! – rispose. Il sovrintendente Angelo Manzo, il braccio destro piú in gamba e piú fidato che avesse avuto. Quando tre anni prima Vanina era andata via da Palermo, staccarsi era stato un dispiacere per entrambi. Ad Angelo poi non poteva pace che per rientrare in Sicilia, invece di tornare nella sua città, la Guarrasi s'era fatta trasferire a Catania.

– Capo, la disturbo?

– Tu mai. Come stai, Angelo?

– Come devo stare? Oberato di lavoro. E lei?

– Oberata di lavoro, – ripeté. – Però sto bene.

– A Catania sta bene? Ma vero dice? Non ci posso credere, in mezzo ai catanisi.

Dalla faccia di Spanò, Vanina si rese conto che si sentiva tutto.

– Ho l'impressione che i miei uomini si siano offesi!

– Ma perché, era in vivavoce? – chiese il sovrintendente, preoccupato.

– No, sei tu che hai il vizio di parlare a voce di testa.

– Cchi malafiura.

Vanina rise.

– Ora ti metto in vivavoce per davvero, cosí ti scusi –. Toccò il tasto.

– Buongiorno, colleghi, – disse Manzo.

– Buongiorno, – risposero i tre.

– Scusate, ah. È che le provo tutte per convincere la dottoressa a tornare a Palermo.

– Tempo perso è, Angelo. Lo sai.

Il sovrintendente non replicò. In vivavoce non avrebbe potuto andare oltre. L'escamotage di Vanina per evitare l'argomento Palermo era stato vincente.

Scambiarono un paio di battute.

– Trattatemela bene, mi raccomando, – concluse Manzo. – E ricordatevi: se vi dà il permesso di chiamarla capo, vuol dire che vi siete conquistati la sua fiducia.

– Che voleva dire, dottoressa? – chiese Spanò, appena Vanina ebbe riattaccato.

– Niente. Nella mia vecchia squadra gli uomini piú fidati si riconoscevano dal fatto che mi chiamavano capo. Il permesso dovevo darglielo io. Non lo davo a tutti.

I tre si guardarono.

– E a noi? – chiese Marta.

– A voi che cosa?

– A noi il permesso lo daresti?

Vanina li soppesò.

– Vediamo che combinate, poi ne riparliamo.

Ci rimasero male.

– Che dite, ricominciamo a lavorare?

Marta riprese da dove aveva lasciato. – Ho controllato l'assicurazione del laboratorio di Cammarata. Copriva l'incendio per un valore di duecentomila euro.

– Quanto? – si stupí Vanina.

– Duecentomila.

– Spanò, secondo lei il laboratorio di Cammarata li valeva duecentomila euro?

– No. Ma aggiungendo i macchinari, i congelatori, il fatto che era l'attività principale di Ruggero e del figlio, può arrivarci.

– Aspetta. Carmine non si ritroverà solo duecentomila euro in tasca, – aggiunse Marta.

– Perché?

– Ruggero Cammarata aveva stipulato anche un'assicurazione sulla vita. Se fosse morto, suo figlio, che campava del lavoro del padre, avrebbe riscosso cinquecentomila euro.

– Minchia.

Spanò non commentò, ma la sua faccia era piú eloquente di cento parole.

– Avanti, ispettore, lo dica, – lo spronò Vanina.

– Che cosa?

– Che secondo lei Carmine ha ammazzato suo padre per riscuotere i premi.

– A lei non quadra, dottoressa?

Vanina allontanò il vassoietto vuoto. Si appoggiò alla spalliera, tirò fuori una sigaretta.

– Mah. Francamente non lo so.

– Eppure ha una logica.

– Non proprio, Spanò.

– Perché?

– Perché Ruggero ormai stava morendo. Questione di settimane, al massimo un paio di mesi. Bastava aspettare e Carmine avrebbe comunque riscosso l'assicurazione sulla vita.

– Eh no, – fece Marta. – L'assicurazione non copriva la morte causata da patologie pregresse. Se non ricordo male, Cammarata si è ammalato piú di un anno fa, mentre l'assicurazione risale a sette mesi fa. Se fosse morto di cancro l'assicurazione non avrebbe liquidato nulla.

Vanina ci rifletté sopra, fumando lentamente. Per un minuto nell'ufficio non volò una mosca.

– Certo che è assurdo, – disse, spegnendo la sigaretta. – Se ci pensate, il suicidio di Ruggero col sistema dell'incendio, che prima non mi convinceva, ora quadrerebbe perfettamente. Qualunque altro metodo avrebbe denunciato il suo atto, e il figlio non avrebbe riscosso nessun premio. Immagino che nemmeno il suicidio fosse contemplato nella polizza assicurativa. Marta, confermi? – La Bonazzoli annuí. Vanina proseguí: – Con quel sistema invece la morte sarebbe risultata accidentale. Avremmo risolto la questione della morte di Cammarata, se solo Calí non gli avesse trovato la testa sfondata.

– E perciò la questione del suicidio non regge piú, – fece Spanò. – È plausibile, però, che l'abbia ammazzato il figlio.

– Spanò, ma lei l'ha visto Carmine quando gli abbiamo detto che il padre era stato ammazzato? Le sembrava la faccia di uno che lo sapeva? Manco un attore consumato sarebbe riuscito a dissimulare in quella maniera.

– Allora secondo lei come può essere andata?

– Non lo so. Ma sono sicura che deve esserci una terza spiegazione. Una spiegazione che colleghi in qualche modo l'omicidio di Cammarata e quello di Lomonaco.

Vassalli, manco a dirlo, avrebbe sposato in pieno la teoria del suicidio. Magari Cammarata aveva battuto la testa cadendo. Il cadavere era carbonizzato, come facevano a esserne certi? Toccò alla Guarrasi sottolineare che Calí in questo era stato abbastanza chiaro. Aveva dovuto persino chiamare Adriano e metterlo in vivavoce.

– In linea teorica lei avrebbe ragione, dottore Vassalli, – spiegò il medico. – In un corpo completamente carbonizzato è difficilissimo distinguere le lesioni craniche pregresse da quelle causate dallo scoppio delle ossa. Ma per nostra fortuna il cadavere non era arrivato a carbonizzarsi. Lo sfondamento del cranio era ben visibile, cosí come la mucosa rosea della laringe, che ci dice che non aveva inalato i fumi dell'incendio.

Vassalli desisté, sconfitto. Ad aggravare la situazione, poi, ci si mise pure la chiamata della Recupero, che annunciava novità a breve. Il tempo di condurre alcune verifiche.

Prima di tornarsene in ufficio Vanina andò a trovarla. Per come l'aveva inquadrata, era improbabile che la pm si sbilanciasse prima di avere in mano qualcosa di ragionevolmente certo, ma non era mai detto.

– Dottoressa Guarrasi, si fidi. Devo ancora accertare un paio di indizi. Appena avrò qualcosa di concreto glielo farò sapere immediatamente.

Da *Nino* i tavoli erano tutti occupati, quelli fuori sul marciapiede e quelli all'interno. – Dottoressa, se aspettate dieci minuti qualche cosa si libera.

Vanina restò fuori in attesa insieme a Marta.

– Guarrasi, – si sentí chiamare.

Si girò in direzione della voce e vide Tito Macchia seduto a un tavolo che si sbracciava. Gli si avvicinò.

– Tito. Solo ti lasciarono?

– Doveva arrivare Giustolisi, ma l'ha chiamato Eliana Recupero. A proposito, tu ne sai qualcosa? – le fece segno di sedersi. Vanina accettò subito.

– Purtroppo non ancora –. Si voltò verso Marta e vide che era rimasta davanti alla porta del ristorante. La chiamò. La ragazza si avvicinò esitante.

– Bonazzoli, prego, – disse il capo, indicando la sedia.

Marta piegò le ginocchia e s'infilò nel posto accanto a Macchia con la circospezione di chi teme di sedersi su un cuscino di spine.

Mentre aspettava la chiamata della Recupero, Vanina si fece fuori l'ultimo pezzo di cioccolata che aveva nel cassettino. Evitò altre sigarette, dopo che Marta le aveva fatto andare di traverso quella che aveva fumato al rientro dal ristorante.

– Hai visto Cammarata com'è finito, a forza di fumare? – aveva chiosato, con l'aria saputa. Di nuovo a suo agio.

Vanina s'era vendicata subito.

– Vedo che tornasti in te.

Stava firmando delle carte quando Nunnari entrò.

– Dottoressa, mi scusi, ci sono delle cose che non mi quadrano nelle localizzazioni dei telefoni. E in una telefonata di stanotte.

– Cioè?
– Se accende il computer gliele indico.
– Tu nel tuo hai già tutto pronto da farmi vedere?
– Sí.
Si alzò. – E allora manco a perdere tempo.
Si spostarono nella stanza dei carusi.
Vanina si sedette al posto di Nunnari, che trascinò una sedia accanto a lei. Marta si mise dietro di loro.
– Guardi con chi parlò Carmine Cammarata per mezz'ora stanotte alle due.
La Guarrasi saltò in aria.
– Come mai non ve ne siete accorti stanotte stessa?
Nunnari esitò.
– Non lo so... io... non ero di turno.
Vanina alzò gli occhi verso la scrivania di Lo Faro, vuota. Dopo aver fatto la notte e la mattina, l'agente se n'era andato a casa.
– Non avendo niente che fare, tracciai tutti i componenti della famiglia Lomonaco e della famiglia Cammarata. E guardi che cosa uscí?

La telefonata della Recupero arrivò subito dopo.
– Dottoressa Guarrasi, mi può raggiungere in procura?
Vanina si fece accompagnare in moto da Marta. Non sapeva ancora che dovesse dirle la pm, ma qualcosa le suggeriva che le avrebbe fornito una spiegazione logica all'idea che si stava facendo.
La Recupero non era sola. Accanto a lei c'erano Giustolisi e un capitano dei carabinieri del Ros.
– Dottoressa Guarrasi, dobbiamo ringraziarla, – esordí la pm. – Grazie alla sua indagine abbiamo scoperto un giro di spaccio che non conoscevamo ancora.
Vanina rimase in ascolto per un'ora.

Alla fine tutto quadrava.

Uscí dalla procura con in mano due mandati d'arresto, uno per doppio omicidio volontario e spaccio di stupefacenti, l'altro per favoreggiamento di entrambi i reati.

Tornò in ufficio, riferí a Macchia la conclusione cui era giunta, incassò la sua approvazione e convocò la squadra. Mezz'ora dopo si diresse con Spanò all'ospedale Garibaldi per incastrare l'ultimo tassello.

13.

Rino Lomonaco se ne stava seduto a un tavolino nella gelateria numero uno, ancora chiusa come tutte le altre. L'aria stralunata, un bicchiere in mano, un posacenere pieno di mozziconi davanti. Quando vide la Guarrasi che gli si sedeva di fronte non reagí. Sorrise, ebete.

– Signor Lomonaco, lei lo sa perché sono qui? – gli chiese Vanina.

L'uomo abbassò la testa. Era ubriaco, forse strafatto. O magari le due cose insieme.

– Deve dirmi qualcosa?

Rino scosse la testa.

– Se è qua, significa che non le debbo dire piú niente –. La risposta fu piú lucida di quanto l'aspetto facesse immaginare.

– Perciò lei è consapevole che sto per arrestarla?

Allungò le braccia, le offrí i polsi.

Vanina fece segno a Spanò di procedere. Lomonaco seguí l'ispettore senza fiatare. Salirono sull'auto di servizio con Bonazzoli alla guida. Durante l'intero tragitto l'uomo restò in silenzio. Quand'erano vicini alla Mobile, d'un tratto, si risvegliò.

– Mia sorella non c'entra niente, – disse.

La Guarrasi si voltò verso il sedile posteriore.

– Lo so, – rispose.

Nel breve tempo che trascorse nella sala interrogatori della Mobile, Rino Lomonaco confermò quello che Vanina aveva ipotizzato, dettagli compresi. Lo fece quasi di propria spontanea volontà, senza aspettare che la poliziotta lo incalzasse con domande precise e rispondendo a quelle che gli venivano poste. La voce bassa, monocorde.

Mentre Nunnari e un agente lo prelevavano da lí per accompagnarlo al carcere di piazza Lanza, prima che la Guarrasi uscisse dalla stanza Rino le rivolse la parola un'ultima volta.

– Sa una cosa, dottoressa? Ho capito che lei sarebbe arrivata a scoprire tutto nel momento preciso in cui ci fece le prime domande.

– Ah, sí? E come mai allora ha perseverato? Poteva evitare di caricarsi un altro morto sulla coscienza.

In piedi tra i due poliziotti, che lo tenevano ognuno per un braccio, Lomonaco fece un sorriso sghembo. – Potevo evitare la metà dei guai in cui mi sono cacciato nella mia vita.

Vanina uscí dalla stanza con Spanò al seguito.

– E brava Guarra', – disse Macchia. – Ora però mi devi spiegare come ci sei arrivata. Perché la cosa era imbrogliata assai. Cos'è che t'ha messo sulla strada giusta?

– I tracciamenti dei telefoni di Rino Lomonaco e di Carmine Cammarata, che Nunnari mi mostrò stamattina. Rino aveva detto di essere andato a cercare il padre in gelateria domenica sera su richiesta della madre, appena era rientrato a casa. Dai tracciamenti però risulta che lui quella sera fece due viaggi diversi in gelateria, uno intorno alle undici e mezzo, per poi tornarsene a casa, e il secondo poco dopo, quando chiamò per dirci che aveva trovato il padre morto ammazzato. E in piú c'era la telefonata di mezz'ora con Carmine Cammarata di ieri notte, che metteva per la prima volta i due in correlazione.

– Com'è che questi tabulati e tracciamenti li abbiamo recuperati solo stamattina? Non potevamo accorgercene prima?

– Eh no, Tito. Perché all'inizio la storia di Corinna e del disconoscimento indirizzò le indagini su di lei. Poi ci fu la questione dei conti alterati, il sospetto che Lomonaco fosse vittima del racket.

– Vero.

– Quando la dottoressa Recupero mi riferí quello che avevano scoperto, tutto ha iniziato a quadrare. Carmine Cammarata ha confermato ogni cosa e mi ha raccontato il resto. E Lomonaco poco fa ha completato con i dettagli.

– Vabbuo', come andò la faccenda? – tagliò corto Tito.

– Rino Lomonaco ha due vizi grossi: il gioco e la droga. Vizi che è sempre riuscito a tenere nascosti alla sua famiglia. A un certo punto, circa un anno fa, si ritrova a dover restituire una somma di denaro importante a un bossetto affiliato al clan degli Zinna. Rino cerca di sgraffignare un po' di contanti alterando mensilmente i conti delle gelaterie, oltre un certo limite però non può spingersi, perché suo padre e sua sorella se ne accorgerebbero. La somma che è riuscito a raggranellare è niente in confronto al debito, che con gli interessi e quello che lui continua a spendere tra il gioco e la cocaina aumenta giorno dopo giorno. Il mafioso allora gli propone un modo per sdebitarsi: usare le gelaterie come deposito per la droga che dev'essere distribuita alle piazze di spaccio. Basta usare le confezioni di plastica destinate a commercializzare i gelati nei negozi di alimentari e nei supermercati. Una proposta che Rino non può rifiutare, primo perché il mafioso minaccia di rivolgersi al padre per farsi «risarcire», secondo perché quella gente lo rifornisce giornalmente della coca di cui non riesce a fare a meno. L'unica incombenza che ha è quella di confezionare personalmente i finti gelati. Lo deve fare di notte, quando i galoppini del mafioso gli forniscono la merce, e aprire i depositi frigorifero in anticipo la mattina successiva cosí da permettere loro di venirseli a riprendere confezionati. Si rende conto che da solo non ce la potrà fare, perciò decide di coinvolgere l'unica persona di cui si può fidare: Carmine Cammarata.

– Cammarata? Ma non erano litigati?

– I genitori sí. Ma i ragazzi avevano fatto le scuole insieme e non si erano mai persi. Avevano condiviso molte cose, tra cui i vizi.

– Comincio a capire.

– Rino i soldi per permettersi quei vizi li recuperava piú facilmente di Carmine, che invece si doveva arrangiare. Su questo punta Rino quando va a proporgli di aiutarlo. In cambio gli fornirà gratis tutta la coca e la marijuana di cui ha bisogno. Piú una sorta di stipendio. A condizione che i rispettivi padri rimangano all'oscuro di tutto.

– Ovviamente Cammarata abbocca.

– Ovviamente. Le cose vanno secondo i piani, fino a domenica scorsa, quando una piccola partita di gelati fasulli finisce per sbaglio nel circuito della distribuzione. Rino entra nel panico, non sa come risolvere il problema. Chiama Carmine, che lo raggiunge. Devono trovare il modo per evitare che le confezioni con la droga vengano scoperte. L'unica è fare sí che tutte le partite di gelato prodotte il giorno precedente vengano ritirate dal mercato prima di arrivare a destinazione. Tanto fanno che escogitano un sistema.

– Le pillole nei gelati, – indovinò Macchia.

– Recuperano un poco di scatole di valeriana, e prima dell'apertura si fanno il giro delle gelaterie. Scassinano pure le serrature. La mattina succede quello che succede. Le gelaterie a quel punto verranno messe sotto sequestro e tutti i gelati ritirati dal commercio ed eliminati.

– E 'sti due geni davvero credevano che nessuno si sarebbe mai accorto di niente?

– Evidentemente sí. Ma le cose non vanno come loro speravano. Ad Agostino Lomonaco non gli può pace che le sue gelaterie siano finite in mezzo a un guaio simile. Si chiude nella gelateria uno e ci rimane tutto il giorno, cercando di capire come possa essere successo. La sera, convinto che non ci sia piú nessuno, Rino s'introduce nel laboratorio, che fa anche da deposito, e recupera le ultime confezioni fasulle che aveva nascosto. Agostino lo becca con le mani nel sacco e va fuori di testa. Gli dice che lo avrebbe denunciato, che il nome del Re del gelato non poteva essere sporcato cosí. Rino non capisce piú niente, afferra una delle coppe vinte come miglior gelateria che sono esposte su una mensola e colpisce il padre in testa. Poi scassina il registratore di cassa, nel tentativo di depistarci, e scappa. Torna a casa e trova la madre preoccupata per il padre. Torna in gelateria e ci chiama.

– Il resto lo sappiamo, – disse Tito.

– Già.

– E Ruggero Cammarata che c'entrava?

– E che c'entrava, poveraccio. Niente. L'unica sfiga che ha avuto Ruggero è stata che suo figlio, preso dai rimorsi, ha deciso di scaricarsi la coscienza con lui prima che fosse troppo tardi.

– Gli ha raccontato tutto?

– Appena intuí che le indagini, per altre vie, ci stavano portando erroneamente a sospettare di suo padre,

Carmine gli contò com'erano andate le cose. La sera in cui poi morí, Ruggero aveva convocato Rino nel suo laboratorio e gli aveva fatto un discorso che pareva pari pari quello di Agostino. Gli disse anche che era sicuro che fosse lui l'assassino di suo padre e ci avrebbe messo sulla strada giusta.

– E Rino lo ammazzò.

– Poi manomise il gas e provocò l'incendio. Tutti avrebbero pensato a un suicidio e il fuoco avrebbe cancellato le prove dell'omicidio. Ma gli andò male pure stavolta, perché i vigili del fuoco arrivarono subito e il corpo non arrivò a carbonizzarsi. Cosí Calí si poté accorgere della frattura al cranio.

Tito si dondolò sulla poltrona grattandosi la barba. – Cose da pazzi, – rifletté. – Quello che non capisco è come gli venne in mente che potessimo pensare a un suicidio.

– La colpa in un certo senso fu di Carmine, – rispose Vanina, rigirandosi una sigaretta tra le mani. – Non l'accendo, non ti preoccupare.

– Ci mancherebbe che l'accendessi qui –. Il suo sigaro era rigorosamente spento. – Che fece Carmine?

– Preso dallo sconforto per la malattia del padre, si era confidato con Rino e gli aveva raccontato che Ruggero intendeva ammazzarsi prima che lo facesse la malattia. Gli aveva detto pure il sistema che il padre aveva escogitato perché lui ricevesse sia i soldi dell'assicurazione sulla vita, sia quelli della polizza antincendio: simulare una morte accidentale incendiando il laboratorio. Quando ieri sera gli dissi che Ruggero era stato ucciso con lo stesso sistema di Agostino, Carmine capí che era stato Rino. Aspettò di essere solo in ospedale, di notte, e lo chiamò.

– Madunnuzza che storia, dottoressa, – fece Spanò, uscendo con Vanina dalla stanza di Macchia.

– Vero, ispettore.

La Guarrasi entrò nel suo ufficio, si sedette e aprí il cassettino della cioccolata. Ne aveva bisogno, per scaricare meglio la tensione. Lo trovò vuoto.

– Cacchio, mi scordai di ricomprarla!

Spanò si offrí di andarle a prendere qualcosa di simile al distributore del piano terra.

– Lasci stare, fumiamoci una sigaretta, va', – si accese quella che teneva in mano.

L'ispettore stavolta accettò.

– Comunque, che Ruggero Cammarata non potesse entrarci con la morte di Agostino Lomonaco io ne ero quasi sicuro. E macari la persona che mi contò tutta la storia del litigio tra i due concordava con me.

Vanina drizzò le antenne.

– Ma insomma si può sapere 'sta persona chi è? Per caso è quel signore anziano con cui era l'altra sera quando passai a prenderla con la macchina?

Spanò s'imbarazzò.

– È un amico. Un commissario in pensione, – rispose. E cambiò discorso. – Dottoressa, ma piuttosto con Corinna come finí? È o non è figlia di Lomonaco?

Vanina allargò le mani. – Non lo so. A questo punto, però, sta solo a lei decidere se vuole scoprirlo per davvero.

Vanina aspettò che Nunnari rientrasse dal carcere di piazza Lanza per convocare la sezione nel suo ufficio. Si presentarono tutti, tranne Lo Faro che era partito per le scale per accompagnare Macchia.

– Picciotti, siete stati bravi anche stavolta.

– Grazie, dottoressa, – rispose Spanò a nome di tutti.

– C'è bisogno di un po' di rodaggio, dobbiamo conoscerci meglio, ma la squadra promette bene. Ho fiducia in voi.

– Quindi possiamo chiamarti capo come i tuoi uomini fidati di Palermo? – chiese Marta.

Le parole di Manzo dovevano averla colpita.

– Direi proprio di sí. Tutti i qui presenti.

Nunnari si fece avanti, sull'attenti. – Anch'io, dottoressa?

Vanina gli sorrise con la sigaretta tra i denti. – Pure tu, soldato Nunnari.

Si alzò in piedi, prese la giacca appesa alla sedia.

– Ora rompete le righe e andiamocene a casa.

Nota dell'autrice.

La catena di gelaterie Il Re del gelato è in tutto e per tutto un'invenzione. Non esiste a Catania nulla che le si avvicini minimamente. Frutto di fantasia sono anche tutti i personaggi che avete incontrato in queste pagine. Alfio, Nino e Sebastiano, unici personaggi ispirati – seppur con una certa licenza narrativa – alla realtà, sono consapevoli del loro ruolo e spero se ne divertano.

Ringrazio Leonardo Marini la cui collaborazione è stata essenziale per la costruzione dell'indagine di *Il Re del gelato*. Il racconto narra la Vanina di prima che voi la incontraste in *Sabbia nera*. Mi piaceva l'idea di farvela conoscere.

Einaudi usa carta certificata PEFC
che garantisce la gestione sostenibile delle risorse forestali

Certificato PEFC
Questo prodotto è realizzato con materia prima da foreste gestite in maniera sostenibile e da fonti controllate
PEFC
PEFC/18-32-03
www.pefc.it

Stampato su carta HOLMEN con fibra vergine
proveniente da foreste sostenibili
www.holmen.com/paper

Stampato per conto della Casa editrice Einaudi
presso ELCOGRAF S.p.A. - Stabilimento di Cles (Tn)
nel mese di gennaio 2025

C.L. 26663

Edizione						Anno			
1	2	3	4	5	6	2025	2026	2027	2028